Troublante amnésie

LELA MAY WIGHT

Troublante amnésie

Traduction française de
CATHERINE BENAZERAF

AZUR

HARLEQUIN

Collection : Azur

Titre original :
ITALIAN WIFE WANTED

HARPERCOLLINS FRANCE
83-85, boulevard Vincent-Auriol, 75646 PARIS CEDEX 13
Service Clients — https://www.harlequin.fr/contenu/contactez-nous
ISBN 978-2-2805-1935-9 — ISSN 0993-4448

Édité par HarperCollins France.
Composition et mise en pages Nord Compo.
Imprimé en septembre 2025 par ScandBook UAB en Lituanie
en utilisant 100% d'électricité renouvelable.
Dépôt légal : octobre 2025.

FSC
www.fsc.org
MIXTE
Papier | Pour une gestion forestière responsable
FSC® C021394

Pour limiter l'empreinte environnementale de ses livres, HarperCollins France s'engage à n'utiliser que du papier fabriqué à partir de bois provenant de forêts gérées durablement et de manière responsable.

1

La limousine s'engagea sans à-coups dans la rue à l'impeccable revêtement. Pas le moindre nids-de-poule, pas même une infime aspérité susceptible de secouer les résidents fortunés de ce quartier très chic.

Emma Capetta y regagnait sa confortable demeure.

Conduite par un chauffeur en livrée et vêtue d'un élégant tailleur de marque, chaussée d'escarpins à la célèbre semelle écarlate, elle n'aurait en rien détonné parmi l'élite locale.

Le véhicule s'immobilisa et Emma en sortit dans l'obscurité de la nuit. Tous ses muscles étaient aussi douloureux que ses pieds, et son cœur saignait.

Elle marqua une pause avant d'attaquer les quelques marches de pierre blanche menant à la porte d'entrée peinte en noir, au heurtoir doré, de l'immeuble edwardien de cinq étages qui était son foyer depuis presque une année.

Cela faisait deux semaines qu'elle s'en était absentée. Le temps d'emballer ce qui avait constitué l'univers de sa mère, et de préparer les funérailles de celle-ci, le matin même.

Comme il lui avait été facile de reprendre sa place dans son environnement familier de Birmingham ! songea Emma. Elle s'était sentie parfaitement chez elle dans la modeste maison de son enfance, aux murs décorés de photos les montrant bras dessus bras dessous, elle et sa mère. Elle avait si bien dormi dans son lit d'adolescente, écoutant les bribes de conversations des voisins à travers les cloisons trop minces.

Le lotissement aux routes défoncées, les bavardages des enfants traînant sur l'aire de jeux communautaire... Elle avait tout retrouvé comme un vieux vêtement qu'on renfile, comme si elle ne s'en était jamais éloignée.

Deux semaines. C'était tout ce qu'il avait fallu pour qu'Emma prenne conscience de l'imposture dans laquelle elle vivait depuis près d'une année. Cette somptueuse demeure de l'un des quartiers les plus huppés de Londres ne lui ressemblait pas. Elle n'y avait pas sa place.

Ce n'était pas *chez elle*.

La porte s'ouvrit et Emma entra, la gorge serrée. Un pas, puis deux, et elle se retrouva nez à nez avec le majordome.

— Madame Capetta, dit-il en la saluant d'un signe de tête. Souhaiteriez-vous que l'on vous apporte du thé au salon ?

Emma esquissa un bref sourire.

— Non, je vous remercie, James, répondit-elle en passant devant lui, dans le claquement sonore de ses talons sur le marbre du hall.

— Avez-vous besoin de quelque chose ?

Dante ?

Lèvres pincées, Emma se dit que ce n'était pas *quelque chose*, mais *quelqu'un* qui lui manquait.

Quelqu'un pour qui elle ne parvenait pas à faire taire un désir qui l'assaillait en permanence – comme une crispation douloureuse au creux de l'estomac. Et ce, alors même que le voile s'était levé devant ses yeux, lui révélant l'amère et indéniable vérité : elle ne représentait rien pour son époux.

Fallait-il qu'elle soit stupide !

Aujourd'hui, Emma avait enterré sa mère et cet homme ne s'était même pas donné la peine de l'accompagner au moment où elle avait *vraiment* besoin de lui. Il ne l'avait pas appelée. Ne lui avait pas envoyé ne serait-ce qu'un mot de condoléances.

Exactement comme l'aurait fait le propre père d'Emma.

Son cœur se serra. À quoi s'était-elle attendue ? Son mari ne s'intéressait à rien d'autre qu'à son corps. Il vivait avec elle pour le sexe, pour le frisson du plaisir.

Ils ne partageaient jamais quoi que ce soit… d'*important*.

— Non, je ne souhaite rien de particulier, répondit-elle.

Emma n'avait effectivement aucun besoin physique à satisfaire. Ce qui lui manquait, c'était le soutien de son époux. Sa présence. Sa compassion.

Le pire n'était pas l'absence de Dante, mais plutôt le fait qu'elle en ait autant souffert. La découverte de cette réalité détricotait tout ce qu'Emma avait toujours voulu croire au sujet de leur relation. Elle éprouvait une véritable douleur au plexus, tant son cœur était serré.

— Bien, madame.

Après un dernier hochement de tête, James tourna les talons, laissant Emma seule. Comme elle l'avait été toute la journée…

Seulement aujourd'hui ?

La petite voix posant cette question, dans sa tête, était sarcastique. Car il avait fallu le décès de sa mère pour qu'Emma prenne conscience de la situation. Désormais, les choses lui apparaissaient clairement.

D'un regard circulaire, elle redécouvrit les épais tapis de soie, les consoles aux pieds chantournés, les lampes disposées à dessein pour mettre en valeur les œuvres artistement accrochées aux murs pour le plaisir des yeux. Le lieu était un véritable musée, rassemblant des objets d'une valeur inestimable. Mais rien ne laissait supposer qu'il était habité.

Rien ne trahissait la présence d'habitants.

Leur présence, à elle et à Dante.

Comme si Emma avait besoin de cette preuve supplémentaire qu'elle n'avait rien à faire en ce lieu !

La gamine des quartiers pauvres, habituée aux façades

défraîchies des barres d'immeubles où elle avait grandi, n'avait pas sa place dans l'univers opulent de Mayfair.

Et tout ce qui l'entourait, dans cette demeure cossue, ne lui appartenait pas. Sa gorge se noua à cette pensée. Comment n'en avait-elle pas eu conscience plus tôt ?

Était-elle aveuglée par... ? *Non !*

Ce qu'Emma éprouvait pour Dante n'avait rien de commun avec le sentiment amoureux qui avait fait perdre tout sens commun à sa propre mère – elle en était certaine !

L'amour n'était qu'une illusion. Une chimère. Et sa mère avait chèrement payé le fait d'y croire. À force d'avoir le cœur brisé par un homme, elle avait fini par succomber à une crise cardiaque à quarante-trois ans seulement.

Le mythe de l'amour avait tué sa mère !

Emma se redressa. Si elle n'y prenait garde, c'était ce qui lui arriverait, à elle aussi.

Se débarrassant de ses inconfortables escarpins, elle se dirigea vers l'escalier en colimaçon dont elle gravit les marches deux par deux. Jusqu'à sa chambre. *Leur* chambre.

À la vue du grand lit, impeccablement dressé, Emma sentit une bouffée de chaleur la submerger. Elle y avait passé tant de nuits, de matins, d'après-midi, dans les bras de Dante.

Ce n'était pas le sexe qui posait problème entre eux. Cela ne l'avait jamais été.

En fait, c'était même l'origine de leur relation.

Mais ce n'était pas le moment de se rappeler cela, se dit Emma en se dirigeant vers le bureau placé entre les portes-fenêtres ouvrant sur le balcon qui dominait le jardin clos.

Il n'existait que trois exemplaires de ce genre de jardin privé dans tout Londres, et Dante les lui avait fait visiter avant qu'ils arrêtent leur choix sur cette maison.

Emma n'oubliait pas que son... *mari* n'avait jamais promis qu'ils en feraient leur foyer. Tout ce à quoi il s'était engagé, c'était à consacrer une année à tâcher d'épuiser cette alchimie sexuelle qui faisait rage entre eux.

Et Emma avait accepté le contrat qu'il lui proposait.

Quand donc les choses avaient-elles commencé à changer ? se demanda-t-elle.

À partir de quand avait-elle voulu... *davantage* ? Davantage de temps passé avec son mari, davantage de fraternité, davantage de soutien de sa part...

C'était bien ce qui lui manquait cruellement aujourd'hui. Mais comment en vouloir à Dante ? Emma ne lui avait pas précisément spécifié qu'elle souhaitait sa présence. Cependant, elle l'avait informé de la date et du lieu du service. Elle faillit fondre en larmes.

À quel moment avait-elle été dépassée par la situation, au point de souffrir ainsi de l'absence de son mari ?

Elle fit tourner l'alliance autour de son annulaire. Ce bijou ne signifiait rien. Il n'était qu'une sorte de certificat d'acquisition. La matérialisation d'un contrat de location pour une durée de douze mois, pour lequel elle avait signé sans la moindre hésitation.

Or, voilà qu'elle détestait cette situation. Qu'elle se détestait elle-même pour en être venue à s'attacher de cette manière à un homme.

Pendant douze mois, elle avait attendu Dante, se préparant pour son retour. Pour le moment où il la rejoindrait dans leur lit, après l'un de ces interminables voyages d'affaires pour lesquels il ne proposait jamais qu'elle l'accompagne. Des voyages qui le conduisaient aux quatre coins de la planète, et qui devenaient de plus en plus longs.

Le mariage était vraiment l'imposture qu'Emma avait toujours imaginée !

À vrai dire, sa relation avec Dante ressemblait cruellement à celle existant entre ses parents. Emma n'avait-elle pas toujours vu sa mère attendre désespérément que l'homme de sa vie revienne vers elle ? Dire qu'elle s'était figuré vivre quelque chose de différent, gardant le contrôle de la situation comme sa mère n'y était jamais parvenue !

Poussant un profond soupir, Emma songea qu'elle n'avait fait que se mentir à elle-même. Car Dante n'avait jamais promis autre chose que ce qu'il lui avait donné.

Non, c'était *elle* qui avait changé ! Désormais, Emma attendait bien autre chose que ce que cet homme était capable de lui offrir.

Pieds nus sur l'épaisse moquette, elle retraversa la pièce pour aller ouvrir les portes des immenses placards contenant sa garde-robe. Toutes ces tenues étaient des cadeaux de Dante.

Il pouvait bien garder jusqu'au dernier de ces vêtements qui ne signifiaient rien à ses yeux. Elle-même n'était-elle pas une simple possession parmi tous les objets dont Dante aimait s'entourer. Il prenait grand soin d'elle comme d'une poupée qu'il sortirait de sa boîte selon son bon plaisir.

Ouvrant l'un après l'autre les tiroirs, Emma en retira tous les écrins, ainsi que les sacs. Puis, elle les étala sur le lit, par tailles et couleurs. La plupart avaient été rapportés par Dante de ses voyages. Avant qu'il la mette dans son lit, et tourne les talons, une nouvelle fois.

Levant la main gauche, Emma contempla sa bague de fiançailles, ornée d'une pierre bleue censée porter bonheur aux natifs de son signe. Puis son regard se posa sur l'alliance : un simple anneau d'or.

Aucun des deux bijoux n'avait de réelle signification. Ce n'étaient que des présents dénués de sens. Pourtant, Emma avait envie de les garder à son doigt, juste pour ne pas oublier ce qu'il arrivait lorsqu'on s'autorisait à éprouver des *sentiments* pour un homme. Quel qu'il soit !

Mais non ! Retirant les deux bagues, elle les déposa parmi les autres bijoux. Puis, prenant une feuille de papier et une enveloppe dans l'un des tiroirs du bureau, Emma se demanda qu'écrire.

Certes, elle en voulait à Dante, mais moins qu'à elle-même,

pour avoir oublié la promesse qu'elle s'était faite, des années auparavant, de ne pas désirer ce qui mettrait son cœur en danger. Ce n'était pas *lui* qui avait manqué à sa parole, mais bien plutôt *elle*.

De son élégant stylo-plume, elle se contenta d'écrire trois mots : *je veux divorcer*.

Trois mots par lesquels elle donnait à Dante le droit de mettre un terme à leur union. Il comprendrait. Ensuite, elle ramassa les deux bagues sur le lit et les glissa dans l'enveloppe, avant de la déposer sur l'oreiller.

À son retour, ce serait *là* que Dante viendrait sans attendre, persuadé d'y trouver Emma à sa disposition. Comme toujours.

Sauf que, cette fois, le nid serait vide.

Faisant volte-face, Emma quitta la chambre pour gagner le rez-de-chaussée. Enfilant ses chaussures abandonnées sur le sol, elle ouvrit la porte d'entrée et sortit sur le perron. Enfin elle jeta un dernier coup d'œil par-dessus son épaule, vers l'imposture qu'aurait pu être sa vie...

— Adieu, lança-t-elle sans savoir si c'était de la maison qu'elle prenait ainsi congé ou de *Dante*.

Refermant la lourde porte, Emma lâcha la poignée en cuivre. Il était temps qu'elle affronte la dure réalité qui lui faisait face.

Deux jours plus tard...

Dante Capetta compléta sa signature par un élégant paraphe sur le dernier feuillet du contrat qu'il se promettait de soumettre à son épouse. Elle ne tarderait pas à le contresigner afin de proroger celui qui les liait à ce jour. Et ce, pour une durée additionnelle de trois ans. Hormis cela, les termes étaient pratiquement identiques à ceux du précédent.

Il restait encore quatre semaines avant qu'expire la période fixée par leur engagement initial, mais Dante ne voyait pas l'intérêt d'attendre jusque-là pour signifier à son épouse qu'il entendait faire durer leur « bonheur conjugal » pendant encore trois années, ne doutant pas qu'elle soit d'accord.

Refermant le document, il se laissa aller contre le dossier de son siège avec un sentiment de… *contentement*.

Dante se sentait étonnamment comblé. Pour une fois, il ne courait pas après *davantage* de stimulation – les hommes du clan Capetta cherchaient toujours à escalader des sommets plus escarpés, à sauter en parachute sur des reliefs plus accidentés… Tout ce à quoi il aspirait, aujourd'hui, c'était à maintenir le statu quo avec Emma.

L'empire érigé par la famille Capetta avait des ramifications dans tout ce qui touchait à l'univers du voyage. Ses bureaux étaient implantés dans toutes les villes de la planète. Dante allait de l'un à l'autre, en fonction des exigences du moment.

Jusqu'à sa rencontre avec Emma, c'étaient les femmes qui cherchaient à le séduire. Il avait même fini par faire un jeu de deviner laquelle des jet-setteuses les plus en vue du moment serait la prochaine à se cramponner à ses basques.

Il ne lui était jamais arrivé, avant Emma, de regagner un lieu précis uniquement parce qu'il éprouvait le besoin presque douloureux de retrouver une maîtresse. Jamais, non plus, il n'avait fait la course avec l'astre du jour pour s'assurer de rejoindre une femme dans son lit afin que ce soit *lui* qui la réveille par ses baisers.

Or, c'était ce à quoi il était désormais réduit. Pour Emma. Pour son épouse.

Ce qui n'empêchait pas que leur union soit rien d'autre qu'un contrat dans lequel les sentiments n'avaient pas place. Leur association n'avait pour but que de tirer le parti maximal du feu qui faisait rage entre eux. Et, pour lui, de jouir comme bon lui semblait de cette femme pour laquelle il éprouvait un désir tout aussi ravageur qu'inextinguible.

C'était la raison pour laquelle il allait lui proposer de prolonger leur accord pour trois années supplémentaires. Le brasier qui continuait à brûler entre eux était trop ardent pour qu'ils fassent comme si cela n'existait pas. De plus, Emma se pliait sans la moindre difficulté aux règles régissant leur arrangement. Tous deux avaient les mêmes exigences.

Le jet roulait sur la piste d'atterrissage, et Dante ramassa le contrat qu'il glissa dans sa mallette dont il verrouilla le fermoir doré. Au pied de la passerelle, sa limousine l'attendait déjà. Dix minutes plus tard, il serait de retour auprès d'Emma.

Dante n'était pas suffisamment naïf pour ignorer que l'obsession dans laquelle le plongeait cette passion physique finirait bien par s'émousser. *Un jour ou l'autre.* Alors, et seulement alors, il se déciderait à mettre un terme à toute l'affaire. *Pas encore...*

Cela faisait deux semaines qu'il ne s'était pas entretenu avec Emma. Son personnel l'avait informé qu'elle avait regagné leur demeure de Mayfair l'avant-veille après avoir enterré sa mère à Birmingham.

Les enterrements n'étaient vraiment pas sa tasse de thé, songea-t-il. Même lors de la mort de son père, il n'avait pas jugé utile d'interrompre le trek qu'il était occupé à faire. À quoi bon ? Pour porter en terre un cercueil vide ? Lorsque l'on disparaissait en mer, il n'y avait pas de corps à ensevelir.

De plus, des funérailles avaient pour objet d'aider les vivants à faire leur deuil en se recueillant et en partageant un chagrin commun. Or, Dante n'avait jamais aimé son père, et il ne le pleurait pas. Quant à la relation qu'ils avaient entretenue, elle ne nécessitait pas qu'il y mette un point final. Tout ce qu'il lui restait de cet homme – en plus de l'entreprise dont il avait hérité –, c'était la feuille de route selon laquelle celui-ci avait toujours géré sa vie, et à laquelle Dante continuait de se plier.

Il en connaissait par cœur tous les principes : *ne cède jamais une once de ton pouvoir* ; *garde toujours le contrôle sur ta vie* ; *ne laisse personne trop t'approcher ; sois toujours le premier à rompre une relation ; ne permets pas à quiconque de te faire du mal.*

La seule personne à avoir enfreint ce dogme était la propre mère de Dante, lorsqu'elle les avait abandonnés, lui-même et son père. Cela importait peu à l'enfant qu'elle laissait derrière elle. Il n'avait pas gardé le moindre souvenir de cette femme, et elle ne lui avait jamais manqué.

Certes, Dante se devait d'admettre que s'il était un point sur lequel Emma et lui différaient, c'était bien leur rapport au décès de leurs parents respectifs. Par son personnel, il avait appris qu'Emma s'était acquittée de tous les devoirs qu'une fille est censée respecter s'agissant des funérailles de sa mère.

La voiture glissait silencieusement à travers les rues endormies de Londres, et ils finirent par atteindre la haute demeure où Emma l'attendait. Impatiemment, Dante s'y introduisit puis déposa sa mallette au pied de l'escalier.

Une bouffée de désir le submergea. Cela faisait exactement vingt et un jours qu'il n'avait pas touché sa femme ; qu'il n'avait pas éprouvé la douce chaleur de sa peau.

Il avait planifié son voyage de nuit pour que l'avion se pose avant le lever du soleil. Avant que quiconque soit réveillé dans la maison de Mayfair. Avant qu'*Emma* soit réveillée.

Levant les yeux vers les marches en colimaçon montant à l'assaut du premier étage, Dante se remémora celles qui grinçaient et seraient susceptibles de trahir sa présence. Puis il posa la main sur la rampe aux balustres blancs ornés de sculptures tarabiscotées, et il s'élança pour la dernière étape de son voyage de retour vers Emma.

Tout son corps était parcouru de palpitations fébriles. Il aurait voulu avaler les marches quatre à quatre mais la nécessité de ne pas faire de bruit l'en empêchait. Découvrir sa femme encore endormie au creux de leur lit, toute de douceur et de docilité, valait bien qu'il fasse cet ultime effort.

Il aimait tant éveiller par ses caresses le corps souple et chaud, hésitant encore entre rêve et conscience. La façon dont chacun des muscles d'Emma reprenait vie sous ses doigts le plongeait toujours dans les mêmes délices.

Sur le palier, Dante se débarrassa de ses chaussures, puis laissa tomber sa veste au sol. Ensuite, il dénoua sa cravate et attaqua avec dextérité les boutons de son impeccable chemise blanche, laquelle suivit le même chemin que la veste.

L'excitation était toujours au rendez-vous. La perspective de faire l'amour à sa femme le mettait invariablement au comble de l'exaltation. Dante était en proie à la même émotion que le soir de leur rencontre. Le même *besoin*...

Défaisant la boucle de sa ceinture, il fit glisser pantalon et caleçon le long de ses cuisses, dans un même mouvement. Il était enfin nu.

Seigneur ! Son érection était impressionnante !

L'adrénaline courant dans ses veines faillit lui arracher un gémissement tant l'anticipation de surprendre Emma le tenaillait. Il se contraignit au silence. Il la réveillerait d'un baiser auquel il savait qu'elle répondrait avec passion. L'enthousiasme spontané et l'adoration aveugle qu'elle lui manifestait excitaient Dante au-delà de toute mesure.

Très doucement, il entreprit d'ouvrir la porte de la chambre plongée dans les ténèbres. À pas de loup, il se dirigea vers le lit, bien qu'il ne puisse rien distinguer ; Dante connaissait suffisamment les lieux. Il savait où trouver celle qui l'attendait, sa chevelure blonde étalée sur l'oreiller, offerte à ses doigts avides. Il les y glisserait tout en se lovant contre elle, agrippant les mèches soyeuses pour attirer sa bouche.

Pénétrant entre les draps, Dante tendit une main vers l'autre côté du lit.

— Emma ? souffla-t-il à mi-voix.

Dans chacune des syllabes du prénom, il mettait – presque

malgré lui – tout le désir qu'il avait d'elle, l'impatience à être dans ses bras, à se délecter de son accueil.

Mais l'autre extrémité du grand lit était… *glacée* !

Dante étira ses longs membres, cherchant désespérément le corps tiède qu'il attirerait contre lui. Ses mouvements firent tomber quelque chose sur le sol, dans un vacarme surprenant. D'un geste brusque, il alluma la lampe de chevet.

Une dizaine d'écrins à bijoux et de sacs avaient atterri par terre. Les yeux écarquillés, Dante contempla ce spectacle inattendu. Où diable était Emma à quatre heures du matin ?

Repoussant les draps, il se mit debout et gagna la penderie contenant les effets personnels de sa femme. Tout était en place. Devait-il croire qu'elle avait étalé ses bijoux sur le lit pour choisir lesquels porter et avait oublié de les ranger ? Était-elle sortie la veille ? Avec qui ?

Dante fronça les sourcils, gagné par l'irritation. Où diable Emma était-elle allée, et pourquoi n'était-elle pas encore rentrée ? Il ne surveillait pas ses allées et venues, de même qu'il ne la tenait jamais informée de son emploi du temps ni de la nature exacte de ses déplacements. Néanmoins, cette situation inattendue le plongeait dans la perplexité.

Son regard s'arrêta sur un rectangle de papier blanc fiché entre la tête de lit et l'oreiller. Interloqué, Dante prit ce qui se révéla être une enveloppe à son nom. Lorsqu'il la décacheta, son contenu tomba sur le lit.

Il s'agissait de la bague de fiançailles et de l'alliance d'Emma.

Pourquoi les avait-elle ôtées ? C'était une chose qu'il ne lui avait jamais vu faire. Même pas lorsqu'elle se douchait. Tout comme lui-même n'avait jamais retiré son alliance depuis qu'Emma la lui avait passée au doigt, devant l'officier d'état civil qui les avait mariés. Retournant l'enveloppe, il la secoua et un petit feuillet s'en échappa.

De sa belle écriture, Emma y avait noté trois mots qui dansèrent devant les yeux ébahis de Dante : « Je veux divorcer. »

Il sentit tout son corps se contracter sous l'effet d'une émotion qu'il ne reconnaissait pas. *Et qu'il n'aimait pas.*

Emma l'avait-elle quitté ? C'était impossible ! Quelle raison aurait-elle eue pour cela ?

Soudain, Dante prit conscience d'une réalité qu'il avait occultée jusque-là. En laissant sa femme percevoir à quel point il la désirait, il lui avait donné toutes les armes nécessaires pour se jouer de lui.

Que, diable, espérait-elle lui extorquer ? Davantage d'argent pour rester mariée à lui ?

Dante n'y comprenait rien. Cela ressemblait tellement peu à ce qu'il connaissait d'Emma. Mais n'était-ce pas ainsi que se comportaient les femmes, habituellement ? Elles tournaient les talons quand elles en avaient assez.

Ramassant le simple anneau d'or, il le glissa à son petit doigt, à côté du sien, puis exhala un long soupir. Il ne doutait pas qu'Emma finisse par revenir.

Ce jour-là, il lui claquerait la porte au nez.

2

Trois mois plus tard...

Dante posa les yeux sur les deux alliances à son annulaire. S'il n'avait pas retiré celle d'Emma, ce n'était pas par sentimentalisme. Plutôt pour ne pas oublier qu'il avait bel et bien failli perdre tout contrôle de lui-même en laissant son désir pour sa femme tourner à l'obsession.

Il se redressa sur son siège en se répétant sa détermination à ne plus jamais tomber dans un tel piège.

À présent, Emma lui était devenue indifférente. Cependant, Dante continuait à ne pas comprendre comment son départ avait à un tel point altéré le cours de sa vie.

Au cours des trois mois écoulés, il n'avait accepté aucun engagement professionnel loin de l'Angleterre. Quand bien même certains de ses clients les plus exigeants ne se privaient pas pour réclamer à cor et à cri d'avoir affaire à lui, et à ses compétences personnelles, plutôt qu'à ses collaborateurs.

Terre d'aventures, l'entreprise d'organisation de séjours touristiques à travers le monde créée par son père – lequel avait bâti cet empire en se basant sur son goût pour les sensations fortes –, offrait à sa clientèle le genre d'expériences qu'elle n'aurait pas connues ailleurs. Ce qui n'avait été au départ qu'une modeste compagnie aérienne avait fini par devenir le tour-opérateur mondialement reconnu dont Dante avait hérité. Par conséquent, se retrouver coincé sur le sol britannique n'était pas ce qui lui convenait le mieux. Or, voilà qu'il venait de recevoir ce surprenant e-mail :

Monsieur Capetta,

Votre femme a fait une mauvaise chute. Elle s'est cogné la tête, avec pour résultat un épisode de confusion mentale. Elle ne se souvient pas de grand-chose.

D'après ce que Dante avait toujours entendu raconter, sa propre mère avait également été victime d'une chute donnant matière à des examens qui avaient révélé sa grossesse.

Pur mensonge !

À vrai dire, elle n'avait eu aucun doute sur le fait qu'elle était enceinte, mais ce stratagème lui avait permis de manipuler à sa guise son époux, lequel tenait particulièrement à avoir un héritier – quand bien même il n'avait guère l'intention de s'en occuper personnellement. La mère de Dante avait vu dans le fait de donner satisfaction à son mari le moyen d'obtenir suffisamment d'argent pour mener la vie qui lui convenait. Loin de celui-ci… et de leur fils.

En tout cas, Emma ne pourrait se servir d'un enfant pour quelque troc que ce soit. Dante s'était assuré, il y avait fort longtemps, de ne pas être en mesure de procréer un jour.

Depuis la trahison inattendue dont Emma s'était rendue coupable, il ne cessait de s'interroger : comment était-il possible qu'il n'ait rien vu venir ? Elle avait tout abandonné derrière elle, y compris une petite fortune en bijoux. À croire qu'elle ne voulait rien de tout cela.

Qu'elle ne voulait plus… de *lui*.

Sauf qu'il n'était pas tombé de la dernière pluie ! Il était clair que sa jeune épouse devait avoir une motivation secrète. Quelle raison objective aurait-elle eue, sinon, de le quitter ? Elle se livrait certainement à un jeu de pouvoir avec lui, essayant de lui extorquer quelque chose.

— Monsieur, nous sommes arrivés, déclara le chauffeur en se garant devant le sinistre hôpital central de Birmingham.

Cette ville était tellement différente de l'environnement dans lequel Dante avait fait vivre Emma qu'il ne comprenait pas qu'elle ait choisi de revenir ici. Lorsqu'ils s'étaient rencontrés, il n'avait pu ignorer le fort accent écossais de la jeune serveuse qu'elle était alors. Avait-elle eu besoin de retrouver une atmosphère empreinte des sonorités chantantes locales ? Quelque chose qui vous imprégnait profondément comme le caractère cordial des autochtones, et ne se laissait pas oublier ?

À l'instar d'Emma… Est-ce pour cette raison que tu n'as pas encore demandé le divorce ?

Certainement pas !

Ce qui expliquait qu'il n'ait cessé de remettre cette décision à plus tard était d'une tout autre nature. En le quittant sans explication, Emma lui avait planté un couteau en plein cœur. Dante savait que la seule manière de retirer cette lame serait de la revoir une dernière fois pour avoir confirmation de ce qu'il soupçonnait : sa douce épouse n'était en rien différente de la mère qui l'avait abandonné à la naissance en échange d'une coquette somme d'argent et d'une île privée. Se retrouver face à face avec Emma lui donnerait l'inévitable certitude qu'elle n'avait fait que le manipuler.

Émergeant de la limousine, Dante leva les yeux vers la façade de béton. Une inscription au néon, en lettres rouges sur fond blanc, scintillait à travers les gouttes de pluie, indiquant qu'il était bien au service des urgences.

Lorsqu'il s'avança, les portes électroniques s'ouvrirent devant lui. La touffeur de l'air confiné prenait à la gorge. L'espace était encombré d'êtres humains aux allures de zombies, fixant obstinément un écran sur lequel des lettres écarlates annonçaient un temps d'attente estimé à six heures. Si c'était là qu'Emma avait supposé qu'elle regagnerait ses faveurs, songea Dante, le lieu était des plus mal choisis. Il transpirait le désespoir et l'impuissance, le sentiment que tout ce qu'il pouvait advenir entre ces murs était hors de contrôle. Était-ce l'impression qu'elle cherchait à susciter en lui ?

Une double porte, à la gauche de Dante, s'ouvrit sur deux personnes en blouses blanches. Il leur emboîta le pas, persuadé qu'il saurait bien se débrouiller seul pour retrouver sa femme.

Au téléphone, le médecin avait dit qu'Emma avait été amenée en ambulance et qu'elle attendait d'être examinée. Le service était débordé, et comme elle montrait des signes de détresse – un état de confusion prononcé –, il avait été jugé préférable d'appeler auprès d'elle son plus proche parent. De toute évidence, elle avait besoin de soutien, et le plus tôt serait le mieux. Cet avis proféré par un représentant du corps médical devait avoir pour objet de l'alarmer.

Bien qu'il ne soit nullement inquiet, Dante avait répondu sur-le-champ à la sommation de l'homme de l'art.

Les portes coulissantes donnaient sur une immense salle où s'alignaient des box délimités par des tentures. Bien qu'il n'ait jamais mis les pieds dans ce genre d'endroit, Dante savait que les rideaux tirés correspondaient à un lit occupé.

Et si ce n'était pas un stratagème ?

Emma ne t'a jamais menti jusqu'ici.

Sauf qu'il ne pouvait s'agir d'autre chose que d'un scénario habilement ficelé. Dante en était certain. Il allait confronter Emma à ses mensonges, et ça en serait fini de toute l'histoire.

Avançant lentement entre les box, il tendit l'oreille pour saisir les bribes de conversation qui s'en échappaient.

— Merci, docteur.

Dante tourna brusquement la tête vers un rideau miteux qu'une main tirait sur la tringle en métal. Un homme à l'air affairé hocha la tête avec un sourire crispé et s'éloigna.

Emma était là.

Sa frange blonde avait poussé jusqu'à cacher ses sourcils. Les mèches soyeuses de son épaisse chevelure venaient caresser ses hautes pommettes et tombaient en cascade sur ses épaules. Dante fut transpercé par le désir fulgurant d'y glisser les doigts pour l'attirer contre lui.

Mais non ! Il était hors de question de rejouer une partition que tous deux ne connaissaient que trop bien !

Se reprenant, il détailla la vision qui s'offrait à lui. À demi allongée sur le drap blanc, Emma était appuyée contre un mince oreiller. Un corsage immaculé dissimulait ses seins fermes, et une jupe crayon noire recouvrait ses cuisses, ne laissant apparaître que les jambes minces.

C'était la tenue qu'elle portait lors de leur rencontre.

Lorsque Dante laissa son regard revenir vers le petit visage aux traits tirés, celui d'Emma rencontra le sien. Les grands yeux bleus s'arrondirent.

— Bonjour, docteur, dit-elle sur un ton qui marquait l'étonnement.

Dante remit le rideau en place derrière lui.

— Je ne suis pas médecin, corrigea-t-il.

Il n'avait aucune intention de rentrer dans le jeu d'Emma.

— Ah bon ? Vous êtes infirmier ? Ou brancardier ?

Les lèvres roses s'étaient entrouvertes, et Dante sentit l'eau lui venir à la bouche. Malgré lui.

— Tu ne sais vraiment pas qui je suis, Emma ? la questionna-t-il en s'efforçant de calmer la tension qui l'oppressait.

Pouvait-il ignorer qu'Emma jouait la comédie ? Pourtant, elle s'était exprimée avec des accents de sincérité tout à fait étonnants. Elle haussa les épaules.

— Pourquoi, je devrais ? fit-elle. Le docteur m'a dit qu'on viendrait bientôt me chercher pour passer une IRM. Mais je me sens bien. Il n'y a aucune raison que j'occupe ce lit.

Dante s'approcha.

— Je ne doute pas que tu te sentes en pleine forme, répliqua-t-il. Ni que tu n'aies besoin de mon soutien en aucune manière, pas plus que d'occuper un lit d'hôpital.

Fixant son attention sur le visage levé vers lui, il y chercha un signe qu'Emma comprenait ses insinuations. Elle ne cilla même pas.

— Ce sont les secouristes qui ont insisté pour m'amener ici, se justifia-t-elle. J'ai eu beau protester que je suis une incorrigible empotée, ils ont dit que c'était la procédure.

À nouveau, Dante la dévisagea pour observer sa réaction quand il signifierait qu'il voyait clair dans son jeu.

— Du coup, dit-il, tu as décidé de tirer parti de la situation, c'est ça ? C'était une aubaine inespérée.

Emma éclata de rire.

— On peut difficilement qualifier d'aubaine le fait d'être emmené à l'hôpital, dit-elle.

— Même si cela t'offrait l'occasion de me remettre le grappin dessus ?

— Comment cela ? Je ne sais même pas qui vous êtes.

— Je n'ai aucune intention d'entrer dans ton petit jeu, Emma. Et ne crois pas que tu aurais à y gagner !

— Quel *jeu* ?

— Celui où l'on s'imagine que l'on a les cartes en main. Mais il ne faut jamais sous-estimer l'adversaire.

— Mais de quoi parlez-vous ? Et pourquoi avez-vous l'air autant en colère ?

La tension qui habitait Dante était telle qu'il ne put retenir une sorte de feulement primitif. Quelque chose d'animal.

Emma cligna des paupières.

— Je rêve ou vous venez de grogner ? l'interrogea-t-elle.

S'approchant du lit, Dante tendit une main vers le front dissimulé sous la frange.

— Je peux ? la questionna-t-il.

— Que voulez-vous faire ?

— J'ai besoin de m'en rendre compte *de visu*.

Écarquillant les yeux, Emma demanda :

— Mais de quoi ?

De l'index, Dante écarta les mèches blondes.

— Emmy..., souffla-t-il en laissant retomber sa main. Tu t'es *vraiment* blessée.

Les longs cheveux dissimulaient une vilaine contusion sur le front, ainsi qu'une écorchure sur la joue gauche. Emma leva les yeux au ciel.

— Bien sûr ! répliqua-t-elle. Sinon, pourquoi m'aurait-on amenée à l'hôpital ? Et pourquoi m'appelez-vous Emmy ?

Au lieu de répondre à cette question, Dante décida d'en savoir un peu plus. Pour faire le tri entre vérité et mensonge.

— Tu as fait une chute, c'est cela ? la questionna-t-il. Que s'est-il passé, exactement ?

Il avait besoin de s'entendre exposer le scénario qu'Emma avait dû soigneusement répéter pour le lui servir. Car le doute continuait à submerger Dante. Certes, Emma portait des marques visibles, mais comment ne pas croire qu'elle mettait la situation à profit pour arriver à ses fins avec lui ? Au lieu d'apaiser Dante, cette quasi-certitude ne faisait que le perturber davantage. Ce qui était probablement l'objectif d'Emma : lui embrouiller les idées de manière à tirer les ficelles de leurs retrouvailles.

— J'ai déjà tout expliqué à l'infirmière qui m'a accueillie, protesta Emma. Ensuite au docteur qui a fait mon dossier...

Elle poussa un soupir excédé avant de poursuivre :

— Enfin, j'imagine que je peux bien recommencer...

Relevant les genoux, Emma les entoura de ses bras. Dante suivit son mouvement des yeux, remarquant l'état dans lequel était sa femme comme il ne l'avait pas fait jusque-là. Pour la première fois, il nota ses collants déchirés, formant des échelles à ses genoux. Au-dessous, on voyait le sang séché sur la peau écorchée. Le cœur de Dante tambourina dans sa poitrine. Il n'avait jamais vu Emma blessée de quelque manière que ce soit.

— J'avais les bras encombrés de choses trop lourdes, expliqua-t-elle. Je me suis entravée, et j'ai chuté. J'habite au deuxième étage d'une petite maison, et l'escalier est raide. Je me demande bien qui aura récupéré mes provisions… Elles sont fichues, certainement. Je vais encore me retrouver avec un frigo vide ! Ce n'est vraiment pas de chance !

Emma s'interrompit pour pousser un soupir désespéré.

— Pourriez-vous appeler ma mère pour qu'elle vienne me chercher ? ajouta-t-elle.

— Ta *mère* ?

Sous le choc, Dante demeura bouche bée.

— Elle ne travaille pas très loin d'ici, insista Emma. Elle fait des ménages pour une entreprise de nettoyage du secteur.

L'information était une découverte pour Dante. Emma ne s'était jamais confiée à lui sur sa vie avec sa mère.

— C'est ce qu'elle faisait ? l'interrogea-t-il.

— Ce qu'elle fait, oui. Ce soir, elle est à la bibliothèque. Quand elle a fini son travail, elle y passe un moment à lire des romans d'amour. Elle adore ça. Et elle oublie souvent l'heure.

L'air préoccupé, Emma inspira profondément. C'était à n'y rien comprendre, songea Dante. Pourquoi faisait-elle semblant de penser que sa mère était encore de ce monde ?

Il avait vraiment cru qu'elle se servait du fait de ne plus avoir personne à part lui pour prendre soin d'elle.

— Qu'est-ce qu'il y a ? l'interrogea-t-il en la voyant froncer les sourcils.

— L'infirmière a dit qu'elle ne pouvait pas la joindre, et qu'elle allait appeler mon plus proche parent, à la place. C'est ridicule ! Je n'ai aucune famille à part ma mère.

S'interrompant, Emma leva vers lui un regard suppliant.

— Vous ne voulez pas essayer de l'appeler ? reprit-elle. S'il vous plaît !

Elle déglutit, et Dante vit la façon dont sa gorge se contractait. Comme si des doigts invisibles serraient le cou gracile. Ce fut alors qu'il eut l'impression de recevoir un coup au plexus : Emma ne se souvenait même pas de la mort de sa mère. Donc, elle ne jouait pas la comédie.

Ce que pouvaient être les conséquences de ce fait, Dante était incapable d'en prendre la mesure pour l'instant. Tout ce qu'il savait, c'était que la tension qui l'habitait ne cessait de croître. Cependant, il décida de ne pas cacher la vérité.

— Je ne peux pas appeler ta mère, Emma, dit-il. Elle est partie.

— Partie ? Où ça ?

Dante chercha désespérément une expression qui ne soit ni trop brutale ni trop mièvre.

— Dans l'autre monde, finit-il par lâcher, bien qu'il n'ait jamais cru à une vie après la mort.

Sous le choc, Emma grimaça.

— Que voulez-vous dire ? souffla-t-elle.

— Ta mère est morte, il y a un peu plus de trois mois. D'une crise cardiaque.

— Pourquoi me dire de telles horreurs ? Vous mentez ! J'ai encore vu ma mère ce matin.

— C'est la vérité, Emma.

Elle blêmit, et son ravissant visage se crispa.

— C'est faux..., insista-t-elle. Et qui êtes-vous ?

— Je m'appelle Dante Capetta.

Fronçant les sourcils, Emma demanda :

— Ça devrait me dire quelque chose ?

— Plutôt, oui.

La confusion tendit encore davantage les traits d'Emma.

— Pourquoi ? fit-elle. Qui êtes-vous ?

— Désormais, c'est moi ton plus proche parent.

Les yeux bleus se plissèrent.

— Quoi ?

— Je suis ton mari, Emma.

Bouche bée, elle le regardait avec l'air de ne rien comprendre. Ainsi, ce n'était pas de la comédie. Emma était seule, et elle avait besoin de lui…

— Si c'est une plaisanterie, elle n'est pas drôle !

La colère étouffait Emma, et elle dut marquer une pause pour retrouver son souffle.

— Est-ce que vous êtes le genre de cinglé qui erre dans les couloirs d'hôpitaux à la recherche de proies faciles ? reprit-elle. Est-ce que vous leur annoncez que toute leur famille est morte pour sécher leurs larmes ?

— Je ne t'ai pas encore vue pleurer, que je sache.

Une bouffée d'adrénaline submergea Emma.

— Arrêtez de prétendre que vous êtes mon mari, tempêta-t-elle. Je ne vous ai jamais vu. Je ne sais pas qui vous êtes !

— Pourtant, je suis bel et bien ton époux.

Emma se figea, incapable du moindre geste, respirant à peine. De curieux picotements parcouraient tout son corps. Son cerveau était en ébullition.

Elle laissa son regard s'attarder sur le costume sombre, à la coupe impeccable, qui épousait à la perfection la silhouette vigoureusement charpentée. Sous la veste, la chemise moulait le torse athlétique, et le col ouvert révélait la puissante musculature à la base du cou. Levant les yeux vers le visage, Emma nota la parfaite symétrie des traits, les hautes pommettes, la mâchoire carrée, le nez aristocratique. Elle aurait pu se perdre dans la profondeur des yeux d'un noir de jais. Rien ne lui était familier chez cet homme.

— C'est impossible, murmura-t-elle. Je n'ai jamais été mariée. D'ailleurs, il est hors de question que je le sois un jour.

— Désolé de te contredire, mais tu es ma femme, objecta

l'inconnu d'une voix bien trop doucereuse pour ne pas être inquiétante, songea Emma.

— C'est ridicule !

Ne s'était-elle pas promis que, jamais, elle ne donnerait à quelque individu mâle que ce soit un droit légal sur sa personne ? Emma savait d'expérience que l'amour n'avait rien du conte de fées auquel on voulait faire croire. N'avait-elle pas vu sa propre mère s'étioler dans l'attente d'un amour que lui dispensait chichement celui qui se prétendait son mari chaque fois que ça l'arrangeait ? Pour autant, les parents d'Emma n'avaient jamais convolé, et son père faisait des allers-retours entre ses maîtresses et celle à laquelle il persistait à faire miroiter un mariage qui ne venait jamais.

— Qu'est-ce qui est ridicule ?

— Vous !

D'un geste large de la main, Emma désigna celui qui se tenait devant elle avec toute cette autorité naturelle qui lui avait fait supposer, à son entrée, qu'il s'agissait d'un médecin. Il faisait montre d'une telle assurance qu'elle n'avait même pas pensé à contester son droit à lui poser des questions auxquelles elle avait déjà répondu. Et en la tutoyant, par-dessus le marché !

Pour se calmer, elle prit une profonde inspiration.

— Toute cette conversation est du plus haut ridicule, reprit-elle. Totalement invraisemblable !

— Pourquoi est-ce que je te mentirais ?

— Est-ce *moi* que vous accusez de mensonge ?

— Pas du tout.

Le regard de jais plongea dans le sien, longuement. Emma ne put s'empêcher de frissonner. Elle se rassura en se disant que ce n'était qu'une réaction instinctive de son corps, sous l'effet de la présence suffocante de cet homme.

— Je n'insinue rien de tel, reprit-il. Je vois bien que tu as oublié qui tu es, toi-même.

— N'importe quoi ! Je sais très bien qui je suis. Je m'appelle Emma Powell.

Elle vit se crisper la mâchoire volontaire.

— Non, tu t'appelles Emma Capetta.

— Emma Capetta ?

Étrangement, ce patronyme ne lui était pas étranger. Ce qui n'aurait pas dû être le cas. Comment était-ce possible ?

En face d'elle, l'inconnu bomba le torse. Ses narines palpitèrent.

— Oui, acquiesça-t-il. Tu es *ma femme*.

Il avait dit cela avec une conviction teintée de possessivité.

— Je ne suis la femme de personne, protesta Emma.

Elle n'était pas tombée de la dernière pluie !

Elle n'allait pas se laisser mener en bateau par ce type !

Cependant, lorsqu'il avança une main vers elle, Emma fut incapable de lui intimer de suspendre son geste. Ses cordes vocales ne lui obéissaient plus, car elle mourait d'envie de sentir ce contact.

Souffrait-elle d'une commotion plus grave qu'elle ne se le figurait ? L'inconnu agrippa sa main gauche, en lui disant :

— Regarde.

Emma sentit qu'il caressait son annulaire du pouce. Mais elle se refusa à obtempérer. Elle n'allait pas lui donner cette satisfaction ! Relevant le menton, elle planta un regard de défi dans l'encre de ses prunelles.

— Que suis-je censée regarder ? le questionna-t-elle. Pour l'instant, tout ce que je vois, c'est un homme qui se permet de toucher une femme qu'il ne connaît même pas.

Elle retira brusquement la main, ne comprenant pas la cause des picotements qui la parcouraient. Déglutissant péniblement, elle soutint le regard arrogant, se refusant à prêter attention au petit sourire satisfait. Son interlocuteur n'ignorait manifestement pas qu'il avait fait naître en elle des sensations tout à fait inattendues.

— Tu la sens, toi aussi, pas vrai ? demanda-t-il.

— Je sens quoi ?

— Cette alchimie insensée, entre nous.

Le plus effrayant, songea Emma, c'était l'intensité avec laquelle tout son corps réagissait à la perspective que l'homme renouvelle ce contact. La chute avait dû provoquer en elle un choc dont elle n'était pas encore remise. Peut-être n'avait-elle pas tout à fait recouvré ses esprits ?

— C'est *vous* qui êtes totalement insensé en voulant me faire croire que nous sommes mariés ! protesta-t-elle.

— Tu as beau avoir retiré ton alliance, la marque en est encore visible. Regarde !

Fermant les yeux, Emma compta jusqu'à dix. Lentement. Elle allait bien finir par se réveiller, se dit-elle.

— Qu'est-ce que tu fais ?

La question avait été posée aussi doucement que si du velours caressait sa peau. L'inconnu avait une voix profonde, sensuelle, qui était du miel aux oreilles d'Emma. Les battements de son cœur s'accélérèrent. C'en était presque… *douloureux*. Son esprit avait beau ne pas reconnaître cet homme, son corps en revanche… Elle ouvrit les yeux.

— Et *vous*, qu'est-ce que vous faites ? lança-t-elle, au lieu de répondre, dans l'espoir d'ébranler l'insupportable arrogance qu'il mettait à se prétendre son mari.

— Je te regarde, c'est tout.

— Alors, arrêtez !

Ce regard brûlant faisait battre le sang aux tempes d'Emma. Tellement fort qu'une grosse caisse résonnait sous son crâne. Elle posa les doigts de chaque côté de ses yeux et se massa. C'était pire. Les élancements dans son cerveau étaient implacables, comme si son esprit cherchait désespérément à comprendre où elle faisait erreur.

Malgré elle, Emma abaissa le regard vers son annulaire.

— Oh ! Seigneur ! souffla-t-elle en découvrant la marque blanche encerclant le doigt.

Elle leva la main pour l'approcher de son visage. C'était incontestable. Sa peau était plus claire là où elle avait certainement porté un anneau. Comme l'homme l'avait dit.

— Je ne peux pas le croire, murmura-t-elle.

— Si besoin est, je te montrerai notre certificat de mariage.

Emma laissa échapper un petit rire qui se voulait ironique mais tenait davantage d'un gloussement étranglé.

— Pourquoi ? le questionna-t-elle. Vous le gardez toujours dans votre poche, en cas de nécessité ?

— Non, je ne l'ai pas ici. En revanche, j'ai *ça*.

Une grande main vint se placer près de la sienne. À l'annulaire gauche, Emma vit une très simple alliance en or. Et à l'auriculaire, à côté, un bijou identique, plus petit, plus féminin. Lorsque son supposé mari le retira pour lui passer au doigt, elle eut l'impression d'être Cendrillon enfilant la pantoufle de vair, tant l'anneau venait à la perfection dissimuler la marque blanche. Comme s'il retrouvait sa place. Comme s'il avait toujours été là.

Un maelström de pensées confuses tourbillonnait dans sa tête. Pourquoi le médecin qui l'avait examinée avait-il suggéré qu'elle soit vue par un psychiatre ? Pourquoi n'appelait-on pas sa mère à son chevet ? Pourquoi les infirmières la regardaient-elles d'un air apitoyé lorsqu'elle expliquait habiter encore sous le toit maternel, à vingt-deux ans ?

Devait-elle croire cet homme quand il affirmait que sa mère était... partie ? Et son identité ? Répondait-elle toujours au nom d'Emma Powell, ou avait-elle adopté un patronyme marital ? Celui de... *cet individu* ?

Emma se sentait tellement vulnérable qu'elle respirait avec la plus grande difficulté.

Elle en était encore à lutter pour aspirer un peu d'air lorsque ledit Dante Capetta vint prendre son visage en coupe entre ses mains, infusant à ses joues une chaleur inattendue. Sans qu'Emma puisse comprendre pourquoi, ce contact avait quelque chose d'incroyablement rassurant. C'était une sensation étonnamment familière de se retrouver à l'abri dans le berceau formé par les larges paumes, à la fois fermes et douces. La raison d'Emma avait beau lui dire qu'il n'avait aucun droit de la toucher de cette manière, pour rien au monde elle n'aurait voulu qu'il s'écarte.

— Je vais te faire sortir d'ici, dit-il sur un ton déterminé. Nous consulterons un spécialiste, et un protocole de traitement sera mis en place sans tarder.

Dans les prunelles sombres se lisait la tranquille certitude qu'elle le suivrait sans protester.

— Mais je suis *déjà* à l'hôpital, s'insurgea Emma.

Les longs doigts glissèrent sur ses joues, très doucement, presque... *tendrement.* Dante lui prit le menton entre pouce et index, lui faisant lever le visage vers lui. Le regard qui se planta dans celui d'Emma était intraitable.

— Nous partons, dit-il. Ensemble, et tout de suite. C'est la seule option. Je vais t'aider à retrouver la mémoire.

— Et si je préfère ne me souvenir de rien ?

Son esprit embrumé essayait-il de la protéger de quelque chose ? se demanda Emma. De protéger... *son cœur* ?

— Qui me dit que mon cerveau ne vous a pas effacé de ma mémoire pour ma sauvegarde ? reprit-elle. Pour me protéger de *vous* ?

— Je n'ai jamais constitué une menace pour toi, Emma. Je suis ton mari. Celui qui a promis d'être ton protecteur. Et fais-moi confiance, c'est ce à quoi j'ai l'intention de m'employer.

Un mari. Un protecteur.

Entendre prononcer ces mots avait un curieux effet sur Emma – une réaction qu'elle aurait préféré ignorer.

Il était évident que cet homme ne représentait en rien une menace physique pour elle. Lorsqu'il s'était introduit dans le box, c'était avec la plus parfaite absence d'émotion. Il s'était contenté d'évaluer la situation, puis il avait décidé de prendre les choses en main.

Si le cerveau d'Emma avait du mal à comprendre ce qu'il se passait réellement, son corps en revanche n'émettait pas la moindre protestation. Bien au contraire.

Tout avait beau demeurer confus dans sa tête, la seule certitude rassurante à laquelle elle pouvait se raccrocher, c'était la solidité qui émanait des grandes mains fermes de Dante Capetta. Il avait une parfaite maîtrise des événements.

En prendre conscience décida Emma à le suivre. Pour l'instant, lui seul l'ancrait dans une réalité où il semblait bien qu'elle était son épouse. Une part d'elle-même avait envie de savoir à quoi pouvait bien ressembler cette vie-là.

— C'est d'accord, fit-elle. Je vous suis.

3

Ainsi, tout ce que l'on avait dit à Emma n'était que pure vérité. Sa mère était morte, et le chagrin l'envahissait.

Elle avait conscience d'avoir dû éprouver cela précédemment, sans en avoir le moindre souvenir. Dans son esprit, ce n'était que *maintenant* qu'elle éprouvait ce sentiment de deuil, par vagues successives – le vide de l'absence et la douleur térébrante qui la déchiraient intérieurement.

Sa mère était bien trop jeune pour mourir. Il lui restait encore tant de choses à vivre. Et comment était-il possible que, ayant survécu à une infinité de difficultés, elle ait fini par cesser de lutter ? Cette interrogation mettait Emma au supplice.

Posant les yeux sur l'anneau d'or, à son doigt, elle s'étonna de sa sobriété. C'était juste un symbole.

Mais de quoi, au fait ?

Le cuir rouge du canapé geignit lorsque Dante s'assit à côté d'elle. Le peu de distance qu'il avait laissé entre eux s'effaça d'un seul coup lorsqu'il tendit une main pour saisir la sienne, et entrelaça leurs doigts.

— Emma… Est-ce que ça va ? souffla-t-il tout en caressant la partie de peau sensible entre son pouce et son index.

Enfonçant ses orteils nus dans l'épaisseur de la moquette, Emma lutta contre l'impulsion de serrer les cuisses.

C'était ridicule ! Il était juste en train de toucher sa main.

Pourtant, il y avait une telle sensualité dans ce geste... Et autoriser Dante à nouer ses doigts aux siens ne signifiait-il pas qu'elle acceptait une proximité bien trop grande ? Ce à quoi Emma n'était pas certaine d'être prête.

Levant les yeux, elle le dévisagea. Dante la contemplait avec un regard qui se voulait manifestement réconfortant. Sauf qu'Emma ne se sentait nullement rassurée. Des parties de son anatomie – dont elle ignorait qu'elles étaient engourdies –, semblaient se mettre en éveil. Elle se sentait à la fois léthargique et aussi fébrile que si elle avait bu trop de café.

Hypersensible. *Aux aguets.*

Se mordillant la lèvre, Emma se demanda comment cet homme croyait être en mesure de la consoler par le simple fait de tenir sa main ? Habituellement, lorsqu'elle éprouvait le besoin d'être rassérénée, c'était par un bon bain chaud, ou une excursion dans des boutiques où son goût des belles choses trouvait à se satisfaire même si tout y était hors de ses moyens.

De plus, tenir la main d'un homme n'était pas *du tout* une pratique courante chez elle ! Lentement, elle retira la sienne.

— Non, dit-elle, ça ne va pas.

Préférant se lever, Emma se dirigea vers le mur où des étagères de livres montaient à l'assaut du plafond. La pièce semblait avoir été décorée pour correspondre au rêve de maison de toutes les petites filles.

— Ça va aller, Emma, crois-moi, affirma Dante dans son dos sur un ton bien trop confiant à son goût.

Faisant volte-face, Emma répliqua vertement :

— Personne n'en sait rien !

— Si, moi. Parce que tu es là. Avec moi.

Dante se mit debout et s'avança vers elle. Son pas souple ne produisait pas le moindre bruit sur le sol recouvert de tapis hors de prix.

Ce fut un effort incommensurable à Emma de ne pas reculer.

Mais pour aller où ? Elle était acculée contre la bibliothèque. Et il n'aurait servi à rien qu'elle cherche à s'enfuir dans cette maison dont elle ne connaissait pas l'agencement. Elle ne pouvait que faire face.

Il eût fallu qu'elle soit particulièrement naïve pour ne pas comprendre ce qui faisait naître pareilles pulsations au creux de son ventre !

Ce n'était pas de la peur. Bien plutôt du *désir.*

Emma avait eu des aventures éphémères – toujours purement physiques –, et il ne lui avait jamais été difficile de se livrer à une relation charnelle. De se laisser aller à des sensations qui satisfaisaient les exigences de son corps. De prendre du plaisir à des rapports momentanés, dont elle tirait ce qui lui convenait, avant de poursuivre sa route, sans être le moins du monde affectée sur le plan émotionnel.

Cette fois, elle n'attendait rien de cet homme. Et pourtant, c'était *là*. Ce tressaillement au tréfonds d'elle-même, qui refusait de se taire. Cette vibration obsédante.

— Est-ce que vous prenez toujours les choses en main avec autant d'arrogance ? le questionna-t-elle.

Si Emma avait espéré mettre dans sa question une note de sarcasme offensante, elle ne put ignorer qu'elle s'était seulement exprimée d'une voix qui trahissait son trouble.

— Est-ce de l'arrogance que de prendre soin de toi, Emma ? De te procurer ce dont tu as besoin, et de m'assurer que tu ne risques plus de chuter sous une charge trop écrasante ?

Le cœur d'Emma se serra. N'avait-elle pas porté toute sa vie des charges trop lourdes ? Sa mère s'était reposée sur elle – lui faisant jouer le double rôle de protectrice et de soutien émotionnel – alors qu'elle n'était encore qu'une enfant.

C'était, d'ailleurs, ce qui avait décidé Emma à ne jamais suivre le même chemin que celle-ci. Jamais, s'était-elle promis, elle ne se retrouverait en situation d'avoir *besoin* d'autrui. Aussi ne pouvait-elle manquer d'être heurtée par le fait que les paroles de Dante Capetta la touchaient bien davantage qu'elle ne l'aurait souhaité. À l'entendre affirmer qu'avec lui elle n'aurait plus aucun souci, Emma ne pouvait empêcher qu'une douce chaleur l'envahisse.

— Avec moi, poursuivit-il, tu ne te retrouveras plus jamais face à un réfrigérateur désespérément vide.

Comment pareil engagement n'aurait-il pas un écho tout particulier à ses oreilles ? La mère d'Emma avait travaillé d'arrache-pied pour assurer leur subsistance, mais c'était une lutte toujours renouvelée. Et voilà que cet homme garantissait que plus jamais ce genre d'angoisses ne viendrait l'assaillir.

C'était tellement *tentant* !

— Avec moi, reprit-il de sa voix chaude, tu disposeras de tout le temps nécessaire pour te reposer, comme les médecins l'ont recommandé. Mais que les choses soient claires, tu seras libre de partir dès que tu en auras envie. Je n'ai pas l'intention de te retenir prisonnière. Je veux juste t'aider à retrouver la mémoire. Pour commencer, tu pourrais me tutoyer, tu ne crois pas ? C'était le cas… *avant*.

Son présumé mari avait-il raison ? s'interrogea Emma *in petto*. Le temps et le retour à ce qui semblait avoir été sa relation avec Dante suffiraient peut-être à ce qu'elle émerge du brouillard diffus qui avait envahi son esprit…

Les médecins avaient dit qu'elle finirait probablement par dépasser cet épisode d'amnésie, quoiqu'ils ne puissent rien garantir. C'était en suivant leurs instructions que Dante lui avait brossé un tableau rapide de ce qu'il connaissait de sa vie. De simples informations. Un récapitulatif impersonnel et sans détails. Juste quelques jalons.

Emma avait appris qu'elle avait vingt-deux ans lorsqu'elle s'était installée à Londres. Elle en avait vingt-six au moment de sa rencontre avec Dante. Leur mariage avait eu lieu au cours de la même année. La mort de sa mère – d'une crise cardiaque – remontait à un peu plus de trois mois. À la suite de quoi, Emma était retournée à Birmingham pour assister aux funérailles, et liquider les maigres possessions de la défunte. Trois mois plus tard, elle avait fait cette mauvaise chute.

Il ne lui restait aucun souvenir de tout cela. Seulement des questions sans réponses.

Pourquoi avait-elle retiré son alliance avant de partir pour sa ville de naissance ? Pourquoi y était-elle restée quand elle n'y avait plus aucune attache familiale ? Si son époux résidait à Mayfair, que faisait-elle à Birmingham ? *Seule !*

Elle fit tourner l'anneau sur son doigt où il avait retrouvé sa place.

— Pourquoi était-ce vous... euh, *toi*, qui portais mon alliance ?

Le tutoiement ne lui venait pas facilement.

— Parce que tu l'avais laissée ici à ton départ pour Birmingham. Tu n'en voulais plus. Tu avais décidé de me quitter.

— Ah bon ? Pourquoi ?

Écarquillant les yeux, Emma se dit que le mot « pourquoi » était décidément devenu celui qui ne cessait de clignoter comme une inscription au néon dans sa tête.

— Je n'en sais rien. Tu ne m'as fourni aucune explication. Juste un mot qui disait « je veux divorcer ».

— Et... tu n'as pas cherché à en savoir davantage ?

— Non.

Rien ne tenait debout, dans cette histoire, songea Emma. Leur couple, leur union... tout cela était totalement insensé.

— Ta femme quitte le foyer en laissant derrière elle son alliance et un mot laconique, et tu ne cherches pas à l'interroger sur ses raisons ?

Dante haussa nonchalamment ses larges épaules.

— Pour que faire ? répliqua-t-il. Tu étais partie. Cela ne nécessitait aucun éclaircissement supplémentaire.

Emma se raidit. Le mariage était précisément la forme d'engagement à laquelle elle s'était toujours refusée. Or, pour des raisons qu'elle était incapable de comprendre, elle avait consenti à épouser Dante. Tout ça pour finir par tourner les talons sans un regard en arrière.

Sa mère n'avait jamais eu le courage de rompre avec son père. Il fallait qu'elle-même ait été motivée par quelque chose de grave pour s'y résoudre…

Une image lui traversa l'esprit : celle de Dante dans les bras d'une autre femme. Une nausée lui noua la gorge. Était-ce la cause de sa volonté de rompre ? Le souffle lui manqua.

— Est-ce que tu m'as trompée ? le questionna-t-elle d'une voix étranglée.

Si Dante s'était rendu coupable d'une infidélité, adoptant le comportement dont elle avait vu sa mère souffrir à répétition, il n'était pas question qu'elle reste une seconde de plus en sa compagnie. Plutôt dormir sous les ponts !

— Si je t'ai trompée ? répéta Dante à mi-voix. Depuis le soir de notre rencontre, il n'y a jamais eu que toi, Emma.

Dante repoussa d'un doigt la mèche de cheveux qu'Emma sentait sur sa joue, pour la faire passer derrière son oreille. Ce contact était tellement délicat, tellement doux, qu'il s'en fallut de peu qu'elle n'appuie la tête contre la grande main. Elle sentit le sang affluer à son cœur, l'air emplir ses poumons.

Il n'y a jamais eu que toi !

Ce que cette phrase sous-entendait la plongeait dans un mélange de terreur et d'excitation.

De toutes ses forces, Emma chercha à éloigner de son esprit la réponse de Dante. Oubliait-elle que la monogamie n'était que fumisterie ? Il était dans la nature des hommes de s'écarter du droit chemin. Or, Dante soutenait qu'il n'avait rien fait de tel !

— Mais enfin, protesta Emma, il y a forcément quelque chose

qui m'a poussée à partir, non ? Et si notre mariage était un échec, pourquoi n'avons-nous pas divorcé ?

Son esprit était en effervescence. Il lui fallait comprendre... Pendant une année, elle avait été unie à cet homme, puis l'avait quitté sans un adieu.

Sans même demander le divorce ! Cela n'avait aucun sens.

Dante avait laissé retomber sa main, sans pour autant mettre davantage de distance entre eux.

— Quelle importance ? fit-il. Pourquoi chercher à éclaircir ce qui a pu nous séparer, quand notre histoire n'a pas vraiment eu de fin ? Nous n'avons pas divorcé ; un point, c'est tout. Et aujourd'hui, nous sommes ensemble. À nouveau.

— À la faveur d'un accident, je te rappelle.

— Un accident. Ou le destin... Appelle ça comme tu voudras. Tout ce qui compte, c'est que tu es là, et moi aussi. Alors, limite-toi à me poser les bonnes questions, Emma.

— Que veux-tu dire ?

— Les questions auxquelles je suis en mesure de répondre. Pas des spéculations inutiles.

Dante n'avait pas tort, résolut Emma. Il était vain de le bombarder de tout un tas d'interrogations dont elle seule détenait les réponses. Épouser cet homme, le quitter, c'étaient des choix dont elle seule avait les clés... Autant se concentrer sur les informations qu'il était à même de lui fournir.

— D'accord, acquiesça-t-elle. Alors, comment nous sommes-nous rencontrés ?

— Lors d'un gala de bienfaisance, ici, à Londres. Tu avais été embauchée comme serveuse, et nous sommes littéralement entrés en collision. Tu as renversé sur moi l'essentiel des verres de vin que tu portais sur un plateau.

Était-ce l'embarras de découvrir qu'elle était membre du personnel, lors de leur rencontre, qui faisait ainsi trembler ses genoux ? se demanda Emma.

Mais non ! Ses jambes flageolantes n'étaient que le résultat du désir qui la submergeait, de plus en plus intensément à chacun des battements des cils noirs, à la longueur indécente.

À croire que ce dont son esprit n'avait pas gardé le moindre souvenir, son corps en revanche en conservait la trace indélébile.

— Pose ta main sur ma poitrine, ordonna Dante.

Emma fronça les sourcils.

— Pour que faire ?

— Ne me suis-je pas engagé à raviver tes souvenirs ? Alors, laisse-moi te montrer comment tout a commencé entre nous.

Levant une main hésitante, Emma obtempéra.

— Tu sens ? demanda Dante.

À travers la puissante musculature, elle percevait les battements sourds du cœur, sous ses doigts.

— Tout ce que je sens, ce sont tes muscles, objecta-t-elle.

Lorsque Dante couvrit la main d'Emma de la sienne, elle fut submergée par une vague de chaleur montant de son bras pour prendre toute la place dans sa cage thoracique, lui rendant difficile le simple fait de respirer.

— Et maintenant, Emma, qu'est-ce que tu sens ? insista Dante.

Des pulsations parcoururent Emma, lui révélant un étrange lien entre elle et cet homme. Une mystérieuse harmonie. L'incompréhensible certitude que sa main était parfaitement à sa place, recouverte des longs doigts.

— De la chaleur, c'est tout, préféra-t-elle dire, en mentant.

— Tu veux dire un brasier ! renchérit Dante d'une voix sourde. Le soir de notre rencontre, quand tu as posé ta main en cet endroit, un incendie s'est allumé, avant de tout ravager en moi, aussi bien qu'en toi.

Le désir faisait trembler Emma.

— Avons-nous couché ensemble sans attendre ? le questionna-t-elle.

— Oui. Ce soir-là, et tous les suivants...

Leurs deux corps n'étaient qu'à quelques centimètres l'un de l'autre, et Emma avait toutes les peines du monde à se concentrer sur ce que Dante lui apprenait de l'origine de leur relation, tant elle était taraudée par l'envie de se lover contre lui – une envie difficilement maîtrisable.

— Pourquoi avons-nous décidé de nous marier ? s'enquit-elle d'une voix qu'elle ne reconnaissait pas. Nous aurions pu nous contenter d'entretenir une liaison, non ?

Comment s'était-elle laissé convaincre d'adopter le mode de vie conventionnel dont sa mère avait toujours rêvé ?

— Nous avons eu une liaison d'un mois, répondit Dante. Mais cela ne nous suffisait pas.

Lorsqu'il avait proféré cette réponse, son souffle avait effleuré les lèvres d'Emma, et elle faillit les tendre vers lui.

— Pourquoi ? insista-t-elle.

Ne s'était-elle pas toujours satisfaite de relations éphémères, auparavant ?

— J'en avais assez de coucher dans des lits de hasard. Même si c'était dans les hôtels les plus luxueux. Je voulais un lieu qui soit *à nous*.

— Et *moi*, qu'est-ce que je voulais ?

Jamais Emma n'avait partagé le lit d'un homme plus longtemps qu'il ne lui semblait nécessaire. Ce dont elle avait l'habitude, c'était un amant de passage faisant semblant de dormir pendant qu'elle ramassait ses effets avant de disparaître sans un regard en arrière.

Apparemment, Dante avait exprimé la volonté qu'elle passe davantage de temps à ses côtés, qu'ils disposent d'un espace qu'ils considéreraient comme *le leur*, où ils se retrouveraient pour faire l'amour…

Néanmoins, avait-elle éprouvé une volonté identique ?

— Ce que tu voulais, Emma, c'était *moi*. Rien d'autre.

Plantant son regard dans le sien, Dante marqua une pause.

Comment Emma n'aurait-elle pas entendu ce que cette phrase sous-entendait ?

C'est moi que tu veux !

— Je t'ai demandée en mariage, et tu as accepté, conclut-il.

Si elle en croyait ce qu'elle ressentait en cet instant, Emma se dit que son consentement d'alors n'avait rien de bien étonnant. Tout son corps était habité par la tentation de s'abandonner entre les bras de Dante. Elle ne demandait rien de mieux que de faire taire ses doutes, d'oublier les questions qui la taraudaient.

Quelque part, au tréfonds d'elle-même, Emma soupçonnait que cette histoire de mariage était plus complexe que Dante ne voulait bien le dire. Néanmoins, son cerveau la suppliait de ne pas chercher à en savoir davantage. Au moins provisoirement. Elle préférait accorder foi à la théorie selon laquelle ils avaient simplement cédé à la passion charnelle.

— Il y a tant de confusion dans ma tête, dit-elle en agrippant la chemise de Dante. Ne pas parvenir à voir clair en moi est un poids tellement lourd.

Cela ne pesait pas seulement sur son esprit, mais aussi sur sa poitrine, comprimant ses poumons.

— C'est normal que tu aies peur, Emma.

— Je n'ai pas peur.

— Menteuse.

C'était avec beaucoup de douceur que Dante avait formulé cette accusation, et il penchait sur elle un regard amusé. Il semblait bien la connaître, car elle était effectivement terrifiée par l'alchimie qu'elle percevait entre eux.

— Pourquoi ne pas t'accorder le droit de t'ouvrir à l'inconnu ? reprit Dante d'un ton cajoleur qui était du miel aux oreilles d'Emma.

La main de Dante abandonna la sienne pour venir enserrer très délicatement la base de son cou. Puis les longs doigts remontèrent jusqu'à prendre son menton pour lui relever la tête. Le regard de jais – intense et volontaire – se planta dans celui d'Emma.

— Laisse-toi envahir par l'excitation de savoir que les réponses à tes questions ne tarderont pas à t'apparaître, dit-il. Consens à redécouvrir le couple que nous formons.

Dante était la seule personne susceptible d'aider Emma à traverser cet épisode où tout n'était que confusion. Cependant, ses paroles, les conseils qu'il lui prodiguait, ce qu'elle sentait crépiter entre eux... Tout cela plongeait Emma dans un état de stress qui la faisait trembler de la tête aux pieds.

Elle laissa son regard errer sur le beau visage penché vers elle, suivant le noble dessin de l'arête du nez, pour s'arrêter sur le creux au milieu de la lèvre supérieure. Cette fossette était assez large pour qu'elle y pose un doigt, et elle mourait d'envie de caresser ce que l'on appelle l'arc de Cupidon. Combien de fois s'y était-elle aventurée ?

Et si elle devait en croire les propos de Dante, il n'avait probablement pas manqué d'occasions au cours desquelles elle avait suivi de la pointe de sa langue le dessin de la bouche sensuelle, avant de l'y insinuer.

C'étaient des lèvres qui appelaient le baiser.

Exhalant un soupir haletant, Emma s'arracha à cette contemplation, pour reporter le regard sur sa main toujours posée sur le buste d'airain. Ce serait tellement facile de céder à ce que lui dictait son instinct : attirer Dante à elle pour s'offrir à son baiser. Emma ferma les yeux.

Ce serait folie de faire confiance à cet homme. Ses promesses n'étaient certainement rien d'autre qu'une entreprise éhontée de séduction. *Un tissu de mensonges.*

Oubliait-elle que son père avait proféré d'innombrables serments jamais suivis d'effets ?

Certes, Emma était prête à admettre qu'il lui fallait redécouvrir ce qu'étaient les liens entre Dante et elle-même. Mais le mariage représentait exactement le contraire de ce qu'elle avait toujours souhaité. Et comment comprendre qu'après avoir eu le courage de quitter Dante, elle n'avait pas poussé les choses plus loin en demandant le divorce ? Était-ce dans l'espoir qu'il lui revienne ?

Il affirmait ne pas avoir l'intention de la retenir prisonnière, ce qui apaisait un peu ses craintes. Néanmoins, Emma préférait s'assurer de sa sincérité sur ce point.

— Si je décide que je ne veux plus de notre... mariage, fit-elle en ouvrant les yeux, puis-je être certaine que tu n'essaieras pas de me retenir ?

Quand bien même Emma ne se souvenait pas des raisons qui l'avaient poussée à ce mariage, elle avait la certitude que la jeune fille qu'elle était, à son arrivée à Londres, aurait tenu à avoir l'assurance que la porte lui demeurait ouverte.

— Tu seras d'accord pour divorcer ? ajouta-t-elle.

— Divorcer ? répéta Dante, exhalant un long soupir.

— Ni toi ni moi ne savons pourquoi je t'ai quitté. Mais je devais bien avoir mes raisons...

Emma déglutit et Dante fixa son attention sur la façon dont son cou gracile se contractait. Puis elle reprit :

— J'ai envie de nous donner une nouvelle chance. De redécouvrir notre couple, comme tu le dis. Je crois que je te dois bien ça, autant que je me le dois à moi-même. Mais j'ai besoin de savoir que si je décide de rompre, *à nouveau*, je pourrai le faire. Que le divorce...

— Tu veux que nous nous précisions les détails d'une rupture à venir, c'est cela ?

— Oui.

Ainsi, songea Dante, quelque part dans ce cerveau embrumé, il restait peut-être une vague trace du fait que leur contrat de mariage avait été assorti d'une clause dérogatoire. Devait-il lui rappeler les termes de leur régime matrimonial ?

Des règles édictées par *lui-même* !

Fallait-il qu'il lui rappelle l'existence du contrat sur lequel ils s'étaient entendus ? Un contrat qui, de fait, avait expiré. Selon les termes de leur arrangement, le divorce aurait déjà dû être prononcé. Or, il n'en était rien. Ils étaient toujours unis.

Comment expliquer cela à Emma ? Comment justifier qu'il n'ait pas pris, lui-même, l'initiative d'entamer les démarches ?

Cela restait mystérieux à ses propres yeux.

Tout ce que Dante avait compris, c'était qu'Emma n'avait rien de commun avec sa propre mère. Elle n'avait pas réclamé de pot-de-vin supplémentaire ni cherché à exercer sur lui un quelconque pouvoir.

De toute évidence, c'était par choix personnel qu'Emma l'avait quitté, et si elle était revenue sous son toit, c'était parce qu'aucune autre option ne s'offrait à elle dans son état. Elle n'avait pas tort : ignorer les raisons de son départ était angoissant, non seulement pour elle mais pour lui également.

Sauf que, comme il l'avait souligné, se perdre en spéculations ne servirait à rien. La seule réalité tangible, c'était que ni l'un ni l'autre n'avait entamé une procédure de divorce. Un point, c'est tout !

Aux yeux d'Emma, le seul élément factuel, c'était qu'ils étaient toujours mari et femme. Or, elle ne lui avait jamais caché son hostilité à toute idée de mariage. *Jusqu'à lui.*

Fallait-il qu'il lui explique que leur union n'avait d'autre fondement que la passion physique ? Que l'un comme l'autre, ils se méfiaient des émotions comme de la peste ?

À quoi bon ? Qu'elle sache pertinemment cela n'avait pas suffi à la dissuader de tourner les talons...

— S'il s'avère que tu souhaites divorcer, Emma, lâcha Dante d'une voix âpre, je ne m'y opposerai pas.

— Merci.

Il laissa son pouce glisser le long de la mâchoire d'Emma.

— Quel sens cela aurait-il de rester mariés, si nous n'avons plus rien à faire ensemble ? ajouta-t-il.

— Exactement, rétorqua Emma dans un souffle.

Pourtant, à travers leurs protestations, il était clair que s'ils n'avaient pas entamé une procédure de divorce, c'était parce que leur couple avait encore des raisons d'exister…

— Je crois que je vais aller me coucher, déclara Emma, le regard voilé par un mélange de fatigue et de désir.

La réaction de Dante ne se fit pas attendre : il sentit son sexe se tendre instantanément.

— Pour dormir, précisa aussitôt Emma. Seule.

Dante avait envie de tout, sauf de dormir !

Passer la nuit dans cette maison sans Emma à ses côtés – dans son lit, ses bras – lui paraissait un effort insurmontable. C'était la raison pour laquelle il n'avait pas réinvesti les lieux depuis le jour où il avait découvert son absence.

Divers moments lui revinrent à l'esprit de l'époque de leur rencontre – ceux qu'il avait évoqués pour elle. Il revoyait la jeune femme pleine d'assurance qui lui avait offert ses lèvres avec passion alors qu'ils venaient à peine de faire connaissance. L'intrépide Emma qui s'était abandonnée à leur communion physique aussi volontiers qu'il l'avait fait lui-même. Comme s'ils y trouvaient une respiration que tous deux appelaient de leurs vœux.

Tous leurs échanges avaient trouvé racine dans leur entente physique. Jamais l'un ou l'autre n'avait évoqué son passé. Ils avaient plongé tête baissée dans cette relation charnelle, se contentant de jouir du corps de l'autre.

Dante fut soudain assailli par la curiosité. D'où provenaient les hésitations d'Emma, quand elle n'avait jamais eu la moindre réticence à accueillir ses baisers, ses caresses ? Il connaissait parfaitement la très sensuelle jeune femme avec qui il avait passé une année.

La plus infime des zones érogènes de ce corps délicieux était familière à Dante. Comment oublier ces moments où il caressait de son souffle chaud le point hypersensible derrière l'oreille d'Emma, la faisant fondre entre ses bras tandis que ses lèvres descendaient le long du cou gracile jusqu'aux pointes des seins.

Cette nouvelle Emma lui était totalement étrangère.

Elle ne se souvenait ni de leurs baisers ni de leurs étreintes. Et Dante mourait d'envie de lui faire retrouver tous ces souvenirs, à commencer par les sensations que sa bouche suscitait en elle. Mais avant d'en venir là, il savait qu'elle avait besoin qu'il trouve les mots pour la rassurer. Il y était prêt.

— Emma, souffla-t-il, qu'il soit bien clair qu'être mon épouse ne signifie pas que j'ai des droits sur toi. Je n'exigerai rien auquel tu ne serais disposée à consentir. Et cela vaut quel que soit le moment où tu choisiras de m'inviter dans ton lit. Ce soir, demain ou peut-être jamais...

Il était impératif qu'Emma sache qu'elle n'avait rien à redouter de lui. Qu'elle était en sécurité, et libre de ses choix.

Laissant retomber sa main, Dante s'écarta d'Emma, bien que tous ses muscles soient tendus du désir de l'attirer à lui.

La tête inclinée de côté, Emma le dévisageait en silence.

— Tu m'as compris ? s'enquit Dante.

Mâchoires crispées, elle se contenta d'un hochement de tête.

— Qu'est-ce que tu as compris, exactement ? insista Dante, car il avait besoin qu'elle lui confirme qu'elle ne redoutait rien de sa part.

— Que tu es prêt à t'occuper de moi, même si je ne redeviens pas ton *épouse*, au sens propre du terme. Que quelle qu'ait été la nature de notre relation, je ne suis pas tenue d'accepter que nous la reprenions là où elle s'est arrêtée.

S'interrompant, Emma poussa un long soupir. Elle n'avait pas réussi à empêcher sa voix de trembler légèrement.

— À t'entendre, reprit-elle, que nous soyons légalement mariés n'aura aucune incidence sur le présent. Pour l'instant, cela ne signifie rien pour moi. Rien, à part le fait qu'une alliance s'adapte parfaitement à mon annulaire. Et si cela ne devait pas changer, tu m'accorderais le divorce.

Dante hocha la tête. Cependant, il ajouta :

— Et cela te suffit, dans l'immédiat ?

— Oui, répondit Emma en nouant ses deux mains sur l'estomac. Tout à fait.

S'écartant d'elle, Dante précisa :

— Tu trouveras notre chambre... la tienne, à vrai dire, au bout du couloir, sur la gauche. Je te la laisse, jusqu'à ce que tu m'invites à la partager.

Ces quelques mots suffirent à ranimer dans les grands yeux bleus une lueur mêlant excitation et crainte. Il ne put éviter de noter la crispation du ravissant visage. Ni la tension s'exprimant dans la façon dont les frêles épaules se redressaient.

— Bonne nuit, lâcha Emma dans un souffle, avant de passer devant lui d'un pas pressé.

Pour résister à l'envie de tendre un bras pour la rattraper, Dante serra les poings. Inspirant profondément, il ferma les paupières. Non, il ne suivrait pas sa femme.

Pourtant, il venait de prendre conscience de ce qu'il s'était refusé à admettre au cours des trois mois de leur séparation : il voulait qu'Emma lui revienne.

Qu'elle reprenne sa place dans son lit.

Dans sa vie.

4

Toute sa vie, Emma s'était refusée à soupirer après la présence de qui que ce soit. Or, voilà qu'elle attendait fébrilement celui qui se disait son *époux*, en proie à une tension presque douloureuse.

Cela faisait deux jours que Dante avait disparu, la laissant seule dans la grande maison.

Mordillant sa lèvre inférieure, elle se demanda si c'était dans cet état que se mettait sa mère lorsque son père oubliait toutes ses promesses et s'évanouissait dans la nature.

Sauf que Dante n'avait rien de commun avec celui-ci. La seule chose à laquelle il s'était engagé, c'était à prendre soin d'Emma jusqu'à ce qu'elle y voie plus clair en elle, autant que dans leur relation.

Se souvenant de ce qu'il lui avait dit, elle sentit une douce chaleur la pénétrer. L'effet que Dante produisait sur elle était d'autant plus étonnant qu'il n'avait même pas besoin d'être là pour qu'elle soit bouleversée. C'était précisément la raison pour laquelle nouer une relation avec un homme lui avait toujours paru inconcevable. Se languir du Prince charmant n'était pas pour elle. La vie n'avait rien à voir avec les romans d'amour que sa mère dévorait !

Faisait-elle le bon choix en attendant que Dante revienne ? se demanda Emma. En dépit de tous les tourments qu'elle avait vu son père infliger à sa mère, son instinct lui intimait de rester dans la maison de Mayfair jusqu'au retour de son supposé *mari.*

Le premier soir où il l'y avait ramenée, Emma avait fui jusque dans la chambre qu'il lui indiquait. Dans l'espoir de faire taire les souvenirs qui assaillaient son corps bien que son esprit demeure vide.

Toutes ces sensations physiques parlaient de désir – un désir qui la ravageait…

Les moteurs du jet se mirent à rugir, annonçant que le retardataire arrivait. Dante parut à l'extrémité de l'allée centrale du petit avion. Lorsqu'il s'avança, Emma sentit le souffle lui manquer.

Largement ouverte au col, sa chemise noire dévoilait la colonne du cou, à la peau mate. Il avait roulé les manches sur ses avant-bras puissants parsemés d'une toison brune. La ceinture de cuir, à la boucle argentée, reposait à la pointe des hanches étroites, attirant l'attention sur les cuisses musclées, gainées d'étoffe noire.

L'apparition était identique à l'image qui subsistait dans le cerveau embrumé d'Emma.

Dante était le soleil vers lequel elle mourait d'envie de se précipiter, pour se revigorer à sa chaleur. Si elle avait écouté ce que lui intimait son corps, elle aurait couru au-devant de cet homme venu la chercher au fin fond de l'hôpital de Birmingham, semant le trouble dans son esprit.

Il y avait quelque chose de profondément naturel à vouloir céder à la tentation qu'il faisait naître en elle, à envisager d'ignorer les doutes, les questions et les espoirs qui la taraudaient, pour l'accueillir par un baiser.

Qu'est-ce qui n'allait pas chez elle ?

— Bonjour, Emma, souffla Dante en s'asseyant sur le siège voisin du sien.

Il avait prononcé son prénom d'une voix aussi suave qu'une

caresse. Mais au lieu que cela ait un effet apaisant sur elle, Emma eut l'impression que son épiderme en était irrité.

Comment osait-il afficher une telle... *décontraction* ? Il avait disparu sans dire où il allait, et refaisait surface sans la moindre explication, comme si elle devait simplement se réjouir de son retour. Une bouffée de colère la submergea.

— Où étais-tu passé ? siffla-t-elle.

— Dans l'un de mes multiples hôtels.

— Et je peux savoir où nous allons ?

Sans se donner la peine de répondre, Dante se pencha vers elle pour boucler sa ceinture. Les grandes mains effleurèrent ses hanches dans le mouvement qu'il fit pour l'enclencher. Emma déglutit, ravalant l'émotion qui lui montait à la gorge.

Ce n'était qu'au matin qu'on l'avait informée de ce voyage. Sans qu'aucun détail lui soit donné. D'ailleurs, ce n'était pas elle qui avait fait ses bagages. Elle aurait été bien embarrassée de choisir qu'emporter, tant les vêtements soigneusement rangés dans la vaste penderie de la chambre lui étaient étrangers.

Reprenant place sur son siège, Dante la dévisagea intensément.

— Au Japon, fit-il, répondant enfin à sa question.

Emma haussa un sourcil.

— Au Japon ? répéta-t-elle.

— À Tokyo, plus précisément.

— Pourquoi ? Qu'est-ce qu'il y a, à Tokyo ?

— Nous ! Ou, plutôt, nous y serons dans une douzaine d'heures.

De son regard d'encre, Dante scruta le visage d'Emma.

— Est-ce que je t'ai manqué, Emma ? la questionna-t-il.

Son absence lui avait-elle pesé ? s'interrogea Emma *in petto*. Était-ce la raison de son malaise ?

— C'est ce que tu cherchais ? demanda-t-elle d'une voix sourde. Disparaître sans me dire au revoir était ta vengeance ? Tu voulais que j'éprouve la même chose que toi, il y a trois mois, quand tu as trouvé la maison vide ?

Le regard de jais continuait à la sonder. Une bouffée d'adrénaline monta en Emma, nourrissant sa colère. C'était presque un soulagement de s'y abandonner. D'éprouver du ressentiment contre Dante.

— Et moi, est-ce que je t'ai manqué, Dante ? siffla-t-elle.

— Si notre relation était celle d'avant ton accident, je te montrerais à quel point...

L'allusion osée provoqua en Emma une vague de chaleur. Son thorax était tellement comprimé qu'elle peinait à respirer. La colère la submergea. C'était contre elle-même qu'elle était furieuse, pour être autant en demande à l'égard de cet homme.

— Au moins, *moi*, je t'avais laissé un mot, protesta-t-elle.

— Tu as eu peur que je ne revienne pas ?

— Non. Je savais que tu réapparaîtrais. À la longue...

N'était-ce pas ainsi qu'elle avait vu son père agir ? Il s'évaporait, puis refaisait surface quand bon lui semblait.

— Eh bien, me voici !

Tant d'arrogance ne fit qu'exacerber l'irritation d'Emma.

— Est-ce que c'était ça, notre vie, avant ? demanda-t-elle.

— Que veux-tu dire ?

— Est-ce que tu m'abandonnais souvent ? Étais-je censée t'attendre sans broncher ?

L'estomac noué, Emma marqua une pause. Était-elle devenue ce genre de femme, condamnée à espérer patiemment le retour d'un homme ?

— Je refuse d'être un pion dans la vie de quelqu'un, Dante, reprit-elle.

Déglutissant, elle se désola *in petto* en constatant que cela ne soulageait nullement la tension habitant sa gorge.

Aujourd'hui, on avait empaqueté pour elle des vêtements qu'elle ne reconnaissait même pas. Puis, on l'avait installée dans une limousine. Emma avait eu l'impression d'être manipulée comme une pièce d'un jeu d'échecs, pour une partie dont le vainqueur était connu de tous sauf d'elle.

— Ton personnel a préparé mes bagages, puis conduite là où tu le souhaitais, enchaîna-t-elle en haussant le ton. Je ne suis pas un paquet !

— Je suis désolé.

— Quoi ?

Battant des paupières, Emma vit Dante s'incliner vers elle jusqu'à ce que leurs deux regards soient au même niveau. Jusqu'à ce que son souffle chaud lui caresse les lèvres. Jusqu'à être tellement proche de lui que la chaleur émanant du grand corps athlétique l'enveloppait tout entière.

— Je suis désolé, redit-il.

La réaction à laquelle Emma s'attendait, c'étaient des justifications embarrassées, un tissu de mensonges. Pas de *réelles* excuses. Mais elle avait besoin d'une véritable explication. Dante n'allait pas s'en sortir aussi facilement !

— Tu es désolé de quoi ? insista-t-elle.

— Il ne manque pas de chambres dans la maison de Mayfair, répondit Dante, et j'aurais pu m'installer dans l'une d'entre elles. Néanmoins j'ai préféré aller à l'hôtel... celui que je possède à Londres. Dormir à quelques mètres de toi, en sachant que tu étais dans *notre* lit... c'était au-dessus de mes forces. J'aurais dû te laisser un mot, c'est vrai, et je te demande pardon de ne pas l'avoir fait.

Dante haussa les épaules d'un air négligent, puis il reprit :

— Je comprends parfaitement que tu aies besoin de temps pour reprendre pied dans une vie dont tu as tout oublié. Moi aussi, j'ai besoin de retrouver mes marques.

— Comment cela ?

— Il n'est pas des plus faciles de savoir que ma femme ne se souvient pas plus de mon existence que de notre mariage. Alors, quand je t'ai ramenée de l'hôpital, me retrouver dans le même lieu que toi sans parvenir à combler la distance qui nous séparait...

— J'ai quand même accepté de te suivre, non ?

— Crois bien que je ne retire pas un mot à ce que je t'ai dit l'autre soir, mais cela ne rend pas...

— La situation plus vivable ? l'interrompit Emma.

Tout à coup, elle se sentait honteuse. Pas une seconde, elle ne s'était souciée de ce que Dante éprouvait. Elle n'avait pensé qu'à elle. À la façon dont *elle* parviendrait à faire face.

— Notre relation repart de zéro, déclara Dante, aussi j'ai pensé que ce serait mieux si nous recommencions... ailleurs. Dans un environnement où les choses ne seraient pas aussi...

— Compliquées ? Parce qu'ici, tout te rappelle le couple que nous avons été, c'est cela ?

Dante grimaça.

— Oui, fit-il. Il n'est pas nécessaire que nous restions à Mayfair pour que tu retrouves la mémoire. L'important, c'est que nous soyons ensemble, mais...

— Dans un endroit qui sera nouveau pour tous les deux ?

Le regard sombre s'attarda un instant sur le visage d'Emma.

— C'est un peu l'idée, oui, finit par répondre Dante.

Le jet avait atteint son altitude de croisière et le voyant indiquant d'attacher les ceintures s'éteignit.

— Moi aussi, je suis désolée, soupira Emma. Je suis tellement obsédée par mon amnésie, que je n'ai pas réalisé que les choses doivent être pénibles pour toi aussi. Il n'y a pas que *moi* qui dois tout réapprendre. J'aurais dû faire davantage attention à ce que tu ressens. Je te demande pardon.

— Ce n'est pas nécessaire, Emma... C'est toi qui as été victime d'un accident...

— C'est vrai, mais rien ne t'obligeait à venir me chercher alors que je t'avais quitté sans la moindre explication. Tu avais le droit de te désintéresser de ce qu'il m'arrivait. Comment ne te serais-je pas reconnaissante ?

Le regard de Dante soutenait le sien, et le cœur d'Emma battait la chamade. Elle prenait conscience qu'il disait vrai en évoquant ce feu qui crépitait entre eux – et qui l'attirait irrésistiblement...

Elle finit par trouver la force de détourner les yeux.

— Tu disais posséder des hôtels, dit-elle pour tenter d'oublier cette incroyable alchimie à laquelle elle ne comprenait rien. Est-ce ainsi que tu gagnes ta vie ?

Dante fit non de la tête.

— Je suis propriétaire, et PD-G, d'une entreprise d'organisation de voyages de luxe à travers le monde, dit-il. Terre d'aventures est un véritable empire parmi les tour-opérateurs de la planète. Nous proposons des voyages répondant au désir d'aventures extrêmes de nos clients. Ce sont de véritables expéditions en territoires inconnus – même si nous garantissons les conditions les plus luxueuses possible. On en ressort totalement transformé.

— Parce qu'on peut être métamorphosé par des voyages touristiques ?

— Voyager avec Terre d'aventures n'a pas grand-chose de commun avec faire du tourisme, Emma. Nos expéditions incluent tous les sports extrêmes, de l'escalade en haute montagne, au trekking dans les canyons les plus reculés...

— En quoi est-ce que cela affecte la personnalité des gens ?

La passion faisait briller le regard de jais, et Emma sentit frémir des endroits de son corps qu'elle aurait préféré ignorer.

— Nous donnons à nos clients l'opportunité de trouver en eux la ressource nécessaire pour affronter les plus grands défis, expliqua Dante. Nous les mettons en condition de se... transcender. Grâce à nous, leur vie accède à une dimension qu'ils n'auraient jamais connue autrement. Une liberté inouïe !

Emma sentit son estomac faire la culbute. Dante était-il en

train de décrire ce qu'il avait accompli avec elle : l'obliger à braver ce qui l'épouvantait plus que tout ? *Le mariage…*

— Et qui t'a formé à tenir ce rôle auprès de tes clients ? s'enquit-elle.

— Mon grand-père. Il était pilote de ligne et avait considérablement développé la compagnie aérienne intérieure dont il avait fait l'acquisition. Quant à… mon père…

Dante déglutit. À voir sa pomme d'Adam monter et descendre péniblement, Emma reconnut parfaitement les émotions auxquelles il était en proie. Elle avait perçu la crispation de sa voix sur le mot « père ».

— Oui…, le relança-t-elle. Qu'en était-il de ton père ?

— C'était plutôt un aventurier. Tous les moyens de transport lui étaient bons pourvu qu'il arrive à destination. C'est lui qui a transformé l'entreprise familiale jusqu'à en faire un géant dans ce domaine. Il a réussi à convertir des millions de gens à son incessant désir de…

— De se transcender ?

— Exactement. C'est cette philosophie qu'il a appliquée à l'univers du voyage, en tirant parti des aspirations de sa clientèle.

— C'est ce qu'il t'a enseigné ?

Emma se demanda si elle allait revoir des ombres passer sur le beau visage, mais Dante avait adopté le masque de la plus parfaite impénétrabilité. Il haussa les épaules.

— Cela n'a pas été nécessaire, répondit-il. J'avais ça dans le sang. Mais, désormais, je ne me consacre plus à organiser les expéditions sur le terrain. À moins d'en avoir particulièrement envie.

— Ou d'avoir besoin de la montée d'adrénaline que cela procure, non ?

— C'est vrai, cela m'arrive. Sauf qu'il n'est pas forcément nécessaire d'escalader des montagnes pour éprouver ce genre d'exaltation. On peut la trouver dans… d'autres domaines.

Le pouls d'Emma s'accéléra. Une image lui vint à l'esprit : celle du lit qu'elle avait occupé seule, les deux nuits précédentes. Que s'y était-il passé lorsqu'ils le partageaient ?

— C'est ce que tu trouvais dans notre relation ? le questionna-t-elle. L'adrénaline ? La fièvre ?

Le regard d'un noir d'obsidienne plongea dans celui d'Emma.

— Exactement, souffla Dante. Et nous en voulions toujours plus. Nous étions insatiables, incapables de résister au désir.

Emma n'avait qu'une très mince – et très lointaine – expérience de l'alcool, mais elle n'en avait pas pour autant oublié les effets que cela avait sur son corps. Cette sensation de flotter dans une sorte de brouillard cotonneux. Exactement ce qu'elle ressentait en cet instant.

— Le sexe..., reprit Dante d'un air songeur. C'était exceptionnel entre nous. Cela nous procurait une excitation dont nous ne pouvions plus nous passer. Une euphorie proche de l'ivresse.

Le cœur d'Emma avait fait un bond dans sa poitrine à entendre prononcer le mot sexe avec autant de naturel. Comme si c'était ce qui définissait leur relation avant toute autre chose.

— On croirait que nous étions drogués à l'adrénaline, observa-t-elle. Ou accros du sexe !

— C'était le cas. Et il suffisait que nous échangions un baiser pour être emportés par cette addiction.

C'était-là une situation qu'Emma n'avait jamais expérimentée. « Une seule fois » avait toujours été son mantra. Quant à ses expériences sexuelles – pour autant qu'elle s'en souvienne –, aucune ne laissait à son esprit des images de passion débridée. Tout ce qu'il lui en restait, c'étaient de vagues réminiscences du soulagement de besoins purement physiques – agréable, certes.

Machinalement, elle laissa son regard se poser sur la bouche de Dante. Une bouffée de désir envahit son esprit, et elle se demanda ce qu'elle éprouverait si elle s'aventurait à goûter ses lèvres.

Allait-elle retrouver ce qu'il venait d'évoquer ? La montée d'adrénaline ? La grisante euphorie ?

Ne pouvait-elle se risquer à essayer ? Juste une fois...

Les mois d'abstinence qu'il venait de connaître ne faisaient que mettre en éveil tous les sens de Dante. Une fournaise l'engloutit lorsqu'il vit avec quelle intensité Emma fixait sa bouche. Elle se rapprochait insensiblement de lui. Centimètre par centimètre.

S'il avait cédé à son instinct le plus primitif, il l'aurait attirée contre lui. Pour écraser les lèvres carmin sous les siennes.

Il n'avait pensé qu'à ça au cours des deux interminables nuits passées loin d'Emma. À la douceur de cette bouche. À la façon dont il avait espéré, lorsqu'il se tenait devant sa ravissante épouse, qu'elle cède à l'attraction qui leur était si familière. Mais elle avait résisté, préférant aller se coucher seule. Dans *leur* lit. Il s'en était fallu d'un cheveu qu'il ne la poursuive dans l'escalier.

Certes, il n'oubliait pas sa promesse : ce serait *elle* qui prendrait l'initiative, ou il ne se passerait rien entre eux. Néanmoins cela ne rendait pas les choses moins pénibles pour Dante, taraudé qu'il était par un désir immodéré.

Rester sous le même toit qu'Emma signifiait prendre le risque d'y céder. Or, il était un homme de parole. Il se plierait au serment qu'il avait fait, même si cette attente le crucifiait.

Cependant, la femme assise à ses côtés n'avait rien de commun avec l'Emma qu'il avait connue. Celle qui se hâtait de le débarrasser de sa chemise pour aspirer entre ses lèvres les mamelons presque douloureux sur son torse, y passant une langue avide. Celle qui réclamait farouchement qu'il pèse de tout son poids sur elle, et la *pénètre* sans plus attendre. Celle qui se délectait de ce désir physique débridé, comprenant parfaitement qu'il les ait conduits à l'autel.

Dante avait désormais affaire à une personne entièrement différente. L'actuelle Emma exigeait de savoir où il l'emmenait, quand la précédente n'aurait eu qu'une seule et unique préoccupation : trouver un lit. N'importe lequel. À moins qu'ils ne se contentent de s'appuyer à un mur, de s'allonger sur le sol…

Il en venait à s'interroger sur ce qu'ils avaient partagé, *autrefois*… S'était-il mal conduit avec elle ? L'avait-il traitée comme un pion dans un jeu d'échecs ? L'avait-il abandonnée, en tenant pour acquis qu'elle serait là à son retour ?

Pareilles interrogations mettaient Dante mal à l'aise. Mais puisqu'il semblait qu'Emma ait besoin d'autre chose que ce qui était fixé par leur accord précédent, il y était prêt.

Il allait faire usage de toutes les armes de séduction dont il n'avait pas eu besoin auparavant, procurant à Emma une excitation qui finirait bien par lui remettre en mémoire que rien ne lui était indispensable, hormis leur relation. *Lui !*

Déjà le plan de Dante commençait à porter ses fruits. Il était clair que sa jeune épouse retrouvait les sensations qui les liaient l'un à l'autre. Il ne s'en faudrait pas de bien longtemps avant qu'il la remette dans son lit – peut-être dès ce soir, au Japon…

Pour un peu, il aurait poussé un rugissement de triomphe. Mais il demeura impassible. Retenant son souffle, Dante se concentra sur le délicieux tableau qui s'offrait à lui.

Les longs cheveux blonds d'Emma, rassemblés en catogan, s'étalaient sur son épaule. Sa chemise d'un orange foncé, et sa jupe vert olive, descendant à la cheville, faisaient ressortir la pâleur de son teint par leur vive palette automnale.

La bouche d'Emma était tellement proche de la sienne que Dante ne put résister davantage. Il s'inclina. Pas jusqu'à la toucher, mais assez pour qu'elle perçoive le courant d'énergie entre eux, et que cela abatte ses dernières défenses. Il vit les longs cils s'abaisser sur les beaux yeux bleus, et le peu de distance qui les séparait fut abolie. La bouche d'Emma ne fit qu'effleurer la sienne, mais cela suffit à libérer le flot de désir qu'il avait contenu jusque-là et qui emporta tout sur son passage.

Insinuant sa langue entre les lèvres offertes, Dante répondit à la demande tacite d'Emma, tandis qu'il sentait le sang affluer à son bas-ventre en une vague incandescente. Il fut submergé par l'onde brûlante qui se répandit en lui lorsqu'elle lui prit le visage entre ses mains pour l'attirer plus près, l'invitant à approfondir son baiser.

C'étaient des sensations qu'il n'avait pas oubliées. En cet instant, cependant, elles lui évoquaient curieusement ce qu'il avait éprouvé en gravissant l'un des pics les plus élevés de l'Himalaya, dans une violente tempête. Quand la nature avait mis à l'épreuve sa détermination et testé ses limites – un épisode au cours duquel il était passé à un cheveu de la mort.

Sous les coups de boutoir du vent et des bourrasques de neige, Dante s'était protégé du mieux qu'il le pouvait. Lorsque les éléments s'étaient calmés, que l'adrénaline s'était évaporée de son organisme, il avait été envahi par un besoin inattendu de contact humain. À son grand désarroi, Dante n'avait pu s'empêcher d'aspirer à la chaleur que procure la certitude de ne pas être seul dans la vie.

C'était une impression qui l'avait mis profondément mal à l'aise et qui, curieusement, lui revenait en cet instant. Devait-il croire que ce besoin de chaleur humaine, il souhaitait le satisfaire dans la relation avec Emma ? Sous le choc de cette prise de conscience, tous ses muscles se raidirent. Il crispa les avant-bras pour résister à la tentation de l'étreindre farouchement.

Que lui arrivait-il ? Il n'allait quand même pas oublier qu'il n'avait besoin de personne ! Dante n'avait jamais noué de liens affectifs avec qui que ce soit. Comment l'aurait-il pu quand il n'ignorait rien du risque d'être quitté. *Abandonné !*

Or, c'était exactement ce qu'Emma lui avait fait subir.

Avait-il développé un attachement sentimental pour sa femme ? Était-elle devenue un élément de sa survie ?

Cette idée plongeait Dante dans une angoisse insurmontable,

et il la rejeta farouchement. Il n'avait que faire de la chaleur humaine qu'Emma était susceptible de lui procurer. Tout ce qu'il attendait d'elle, c'était *sa lascivité*.

Glissant les doigts dans la masse de cheveux blonds, Dante obligea Emma à incliner la tête en arrière pour mieux s'emparer de sa bouche, et approfondir son baiser. Pour la châtier au moyen de ses lèvres, sa langue, ses dents.

— Dante..., gémit-elle, à bout de souffle.

Il continua à boire à cette source délicieuse, mettant dans son baiser tout ce qu'il sentait palpiter au tréfonds de son être : ses désirs, ses attentes...

Sauf que Dante percevait aussi en lui quelque chose dont il ne voulait en aucune manière : des *regrets* !

Celui d'avoir perdu trop de temps avec Emma. Celui de l'avoir négligée, au lieu de faire ce qu'il fallait pour qu'elle l'attende... Était-ce la raison pour laquelle elle l'avait quitté ?

Cela n'avait plus guère d'importance. Tout ce qui comptait, désormais, c'était qu'Emma était là. Dans ses bras.

À travers l'étoffe de la blouse, Dante promena les pouces sur les tétons durcis. Il avait furieusement envie de les aspirer entre ses lèvres, de les sucer, de les taquiner de la pointe de sa langue jusqu'à ce qu'il les sente palpiter.

Il s'attaqua aux boutons de perle du corsage, sans cesser d'embrasser Emma, explorant sa bouche avec une telle fougue qu'elle en vint à gémir.

Que n'aurait-il donné pour la redécouvrir tout entière, pour retrouver sous ses paumes la rondeur des petits seins, pour se repaître de la saveur de cet épiderme délicat ?

Une fois qu'il eut dégrafé leurs ceintures de sécurité, Dante agrippa Emma par les hanches, l'attirant plus près. Lorsqu'il écarta les pans de la chemisette, ce fut pour découvrir la dentelle blanche du soutien-gorge tellement tendue qu'elle contenait à peine les deux globes ravissants. Il les enserra de ses mains contre lesquelles Emma vint se frotter. Mais il avait besoin qu'elle soit nue, et lui aussi. Il aspirait à ce qu'ils se retrouvent peau contre peau, et à se glisser en elle. Comme autrefois ! Entre ses doigts impatients, il froissa le tissu de la jupe, la faisant remonter sur les cuisses fuselées...

— Arrête ! s'exclama Emma, mettant un terme à cette entreprise.

Arrachant ses lèvres aux siennes, elle le repoussa en plaquant fermement les mains sur son torse. Elle avait beau le tenir à distance, Dante ne pouvait ignorer le brasier qui faisait rage dans les prunelles bleues. C'était *là* qu'il lisait la vérité.

Il était clair qu'Emma n'avait aucune envie qu'il s'interrompe. Elle le désirait trop pour cela. Alors, pourquoi mettait-elle le holà à ce qui ne manquerait pas d'arriver ?

Pantelants, ils demeurèrent face à face, se dévisageant mutuellement. Un malaise inhabituel s'empara de Dante. Pourquoi Emma ne lui souriait-elle pas ? Elle abaissa le regard sur ses mains toujours plaquées sur le buste de Dante, puis elle les écarta en grimaçant.

— Il faut que... nous parlions, lâcha-t-elle d'une voix haletante.

— Parler ? Mais de quoi ?

Dante était abasourdi.

— De nous, souffla Emma. Je n'ai aucun souvenir de notre relation. Mais je veux découvrir l'homme que j'ai épousé.

— Parce que cela ne te suffit pas, Emma, d'éprouver les sensations que te procure ma langue explorant ta bouche ? Mes mains sur ton corps ?

Il vit s'empourprer la gorge d'Emma, et la rougeur remonter à ses joues. Poussant un long soupir, elle changea de position sur son siège, regardant devant elle, le dos droit.

— Je veux apprendre qui j'étais, qui je suis, et qui tu es, sans... tout ça qui complique les choses.

— Qu'est-ce que tu veux dire ? Ça ?

— Cette frénésie entre nous. C'est trop violent. Trop...

Abaissant son regard vers sa chemise, Emma entreprit de la reboutonner. Elle demeura songeuse, avant d'ajouter :

— C'est trop… indécent.

— Indécent ?

Dante n'en croyait pas ses oreilles. *Son* Emmy serait déjà à genoux entre ses jambes, s'employant à lui donner du plaisir avec sa bouche !

— Je ne vois pas ce qu'il y a… *d'indécent* à désirer ma femme, grommela-t-il. À vouloir éprouver la pression de tes cuisses sur mes hanches quand tu vas m'accueillir en toi.

— Arrête ! redit-elle en rougissant. Je t'en prie !

Le silence se fit, seulement troublé par leurs respirations laborieuses.

— Est-ce qu'il y a un endroit où je pourrais m'allonger pour dormir ? le questionna Emma.

Dante hocha la tête, n'ignorant pas qu'elle prenait une nouvelle fois la tangente. Cela ne laissait pas de l'irriter, néanmoins il ne serait pas mécontent de disposer d'un moment où se retrouver seul pour panser ses plaies. Malgré lui, Dante était bien plus affecté qu'il ne l'aurait souhaité par la manière dont Emma venait de le repousser. Il sonna le personnel de bord pour demander que l'on conduise son épouse à sa suite privée. Se levant pour suivre l'hôtesse, Emma l'interpella :

— Dante ?

Il leva les yeux vers le visage penché vers lui, s'attardant sur la vision des lèvres encore gonflées par ses baisers. S'il ne s'était pas retenu, il aurait tendu la main pour les caresser. Il préféra serrer le poing.

— J'espère que notre séjour au Japon me permettra de mieux te connaître, ajouta Emma avant de tourner les talons.

C'était la deuxième fois qu'Emma se comportait de la sorte. Dante n'y comprenait rien !

Échanger des confidences n'avait jamais été dans leurs

habitudes. Il en avait appris davantage sur sa femme au cours de leur échange dans la chambre d'hôpital que pendant l'année où ils avaient été mariés. C'était la première fois qu'Emma s'ouvrait à lui de ce qui concernait sa mère, leur vie médiocre, l'inquiétude de se retrouver devant un réfrigérateur vide...

Il se renfrogna. Que lui importaient les conditions dans lesquelles Emma avait vécu ? Tout ce qu'il désirait, c'était qu'elle accepte de revivre avec lui. Temporairement.

Cependant, la perspective d'avoir à la séduire autrement que dans la relation sexuelle s'avérait bien plus fascinante qu'il ne l'aurait imaginé. C'était un nouveau défi !

Un challenge qui ne lui déplaisait pas.

Et qu'il se faisait fort de remporter.

5

Emma sortit sur la terrasse du penthouse du magnifique hôtel – dans le quartier animé de Shinjuku – où Dante l'avait installée.

Cela faisait deux jours qu'ils étaient au Japon, et elle n'avait toujours pas surmonté le trouble qui l'avait envahie, dans l'avion, lorsqu'il l'avait embrassée. Elle ne doutait pas d'avoir eu raison en mettant un terme à ce baiser. Sinon, ils auraient inévitablement fini dans un lit.

La ville s'étendait à ses pieds, offrant un spectacle à couper le souffle. Étagés à flanc de montagne, les immenses gratte-ciel semblaient flirter avec les nuages. Dans quelques minutes le soleil se coucherait derrière le mont Fuji.

Appuyant les paumes sur la rambarde, Emma se demanda à quel moment Dante allait consentir à la discussion qu'elle espérait. Depuis leur arrivée, elle ne l'avait pas revu. Cette fois, il avait justifié son absence en prétextant des problèmes à régler avec son conseil d'administration. Cependant, elle n'était pas outre mesure surprise qu'il ait disparu à nouveau. Dans l'avion, elle avait déterré la hache de guerre, en quelque sorte. Et elle n'avait pas manqué de constater qu'il laissait transparaître une vulnérabilité aussi criante que la sienne.

Dante était impatient de retrouver sa femme. Sauf qu'Emma ne se souvenait pas de l'avoir été.

Manifestement, *lui* n'avait pas oublié le moindre épisode de leur histoire, qu'il s'agisse de leur premier baiser ou de chacune des nuits qu'ils avaient partagées.

Pour l'instant, Emma n'avait aucune réponse aux questions qui la taraudaient. Pourquoi s'était-elle résolue à ce mariage ? Et pourquoi avait-elle pris la fuite, ensuite ?

Si seulement elle parvenait à comprendre un peu mieux qui était véritablement Dante. Et aussi ce qu'elle avait trouvé dans leur relation. Pour cela, il était indispensable qu'ils aient une conversation approfondie, sans qu'elle soit troublée par ses baisers.

Comment imaginer que ce soit purement l'attraction sexuelle qui l'avait décidée à lier son sort à cet homme ? Qu'elle soit grisée par ses baisers ne faisait rien à l'affaire !

Au moins, Dante n'avait pas prétendu être amoureux, et Emma lui en était reconnaissante. Pour rien au monde, elle n'aurait souhaité lui inspirer pareil sentiment, pas plus qu'elle n'aurait apprécié d'être amoureuse de lui. Sauf que s'ils n'avaient pas contracté un mariage d'amour, les raisons qui avaient pu les unir demeuraient des plus mystérieuses…

N'y avait-il que le sexe, pour cela ? Et qu'est-ce qui l'avait décidée à prendre la poudre d'escampette un an plus tard ? Car il était évident que l'alchimie existant entre eux n'avait rien perdu de sa puissance…

Avait-elle fui les exigences de Dante ? Réclamait-il qu'ils construisent une famille ? Qu'elle lui donne des enfants ? Et devait-elle croire que c'était pour cela que Dante n'avait pas entamé la procédure de divorce, et qu'il était venu la chercher à l'hôpital ? Emma déglutit avec peine quand une autre interrogation lui traversa l'esprit : qu'est-ce qui avait fait qu'elle ne demande pas le divorce elle-même ?

Avant même qu'elle le voie, Emma sentit la présence de Dante. À un mouvement de l'air autour d'elle. À quelque chose qu'elle sentit bouger au tréfonds de son être.

— Est-ce que tu t'es ennuyée en mon absence, Emma ?

Se refusant à faire volte-face, Emma se contraignit à demeurer impassible. Quand bien même son instinct lui criait de se retourner, de se précipiter dans les bras de Dante. C'était presque insurmontable. Que n'aurait-elle donné pour lui tendre ses lèvres ?

Elle ferma les paupières dans un effort pour retrouver son calme. Il était hors de question qu'elle se laisse aller à ce genre de comportements tant qu'elle n'aurait pas compris les raisons qui l'avaient poussée à épouser Dante.

— Comment s'ennuyer devant un tel spectacle ? répliqua-t-elle en désignant la vue d'un geste large, face au panorama.

— Je reconnais que c'est très beau.

Du coin de l'œil, Emma vit les grandes mains se poser sur la balustrade, à côté des siennes.

— Le soleil ne va pas tarder à se coucher, ajouta Dante.

En silence, Emma regarda le jour céder lentement place à la nuit. Une infinité de lumières électriques fit briller tous les immeubles, aux couleurs de l'arc-en-ciel. La montagne s'effaça, mais sa présence demeurait palpable dans l'ombre, comme une force de la nature. Pareille à celle de Dante que l'on continuait à percevoir même quand il s'absentait...

Se secouant mentalement, Emma s'efforça de se détendre.

— Est-ce que les choses se sont toujours passées de cette façon, pour toi ? le questionna-t-elle.

— Que veux-tu dire ?

Il fallut à Emma un effort surhumain pour ne pas se rapprocher de lui, le toucher, permettre à toute cette incroyable énergie de circuler entre eux. Elle s'y résigna. Le désir et la discussion devaient rester séparés.

— Avec ton père..., ton grand-père... est-ce que la vie était toujours aussi spectaculaire ?

Elle avait appuyé son propos d'un geste circulaire en direction du paysage.

— Tout à fait !

— Et tu n'as jamais eu envie de quelque chose de plus simple... ? De plus... normal ?

— Je n'ai jamais rien connu de normal, comme tu le dis.

Dante avait répondu à mi-voix, mais Emma n'avait pu ignorer la crispation du ton.

— Pourtant, dit-elle, je suis quelqu'un de tout à fait ordinaire.

Ce qui rendait encore plus incompréhensible l'intérêt que lui portait ce milliardaire avec lequel elle n'avait rien de commun, songea Emma.

Comme elle ne se souvenait pas de ce qu'elle avait bien pu lui confier de son histoire, il lui parut nécessaire de reprendre le récit de sa vie passée – toutes ces choses anciennes que l'amnésie n'avait pas effacées de son esprit. Néanmoins, pour se livrer à de telles confidences, elle jugeait préférable d'échapper à l'intensité du regard sombre qui la transperçait jusqu'à l'âme. Aussi détourna-t-elle la tête avant de poursuivre :

— Ma vie ressemble à celle de millions de gens. Je n'ai pas grandi face à des couchers de soleil sensationnels, sur la terrasse d'appartements conçus pour les ultrariches. Toute mon enfance, j'ai assisté ma mère pour qu'elle parvienne à nous faire vivre toutes les deux. Je lui donnais un coup de main pour les ménages qui lui étaient confiés, avant de partir à l'école. Et je la soutenais moralement, aussi, car elle souffrait d'être plus ou moins abandonnée par mon père. Je le détestais pour cela, d'ailleurs. Tu vois, je suis l'incarnation même de la plus parfaite normalité. Une petite citadine, élevée dans des cités HLM. Et pourtant, aujourd'hui...

— Aujourd'hui, tu es là.

C'était d'une voix très douce que Dante avait interrompu Emma, lui rappelant qu'elle avait besoin d'en savoir davantage sur lui.

— Est-ce que toi aussi tu haïssais ton père ? le questionna-t-elle.

— Qu'est-ce qui te donne cette impression ?

Emma lutta pour ne pas faire face à Dante. Pour ignorer sa proximité.

— La façon dont tu l'as mentionné, dans l'avion, répondit-elle. J'ai perçu cette hésitation que je connais si bien, et reconnu le conflit auquel je suis en proie lorsque je pense à mon père. Je suis constamment partagée entre la gratitude de lui devoir la vie, et la haine qu'il m'inspire.

Cela avait été si souvent un sujet de dispute entre Emma et sa mère ! Cette dernière s'était obstinément efforcée de la persuader que son père avait beau être absent, il ne l'aimait pas moins. Perdue dans ses pensées, Emma réalisa tout à coup que Dante gardait le silence, l'invitant tacitement à poursuivre son récit.

— Je sais que mes propos peuvent sembler violents, reprit-elle, mais c'est le genre d'émotions qu'il m'a toujours inspiré. J'en voulais à ma mère de ne pas remettre en question les mensonges qu'il lui débitait. J'exècre ce qu'il lui a fait subir, et ce qu'elle est devenue à cause de lui...

La main de Dante venait de se poser sur la sienne, et Emma fut incapable d'aller plus loin. Toute sa capacité de concentration était anéantie par le contact de cette paume douce et chaude. Et par le fait de comprendre qu'il lui offrait son réconfort sans même qu'elle ait besoin de quémander. Cependant, elle ne se décida pas à le regarder, craignant de lire de la pitié dans les prunelles d'obsidienne.

— En quoi, donc, l'avait-il transformée ? la questionna Dante.

— En une chiffe molle ! Ma mère n'a jamais voulu que je dise à cet homme ce que je pensais de son comportement. Elle m'a toujours fait taire, en me répétant que c'était à nous d'accepter qu'il ne changerait pas...

Avait-elle déjà évoqué cela devant Dante ? se demanda Emma. Lui avait-elle expliqué que c'était l'exemple de ses parents qui la détournait du mariage ? Elle ne s'en souvenait pas...

— Il avait séduit ma mère alors qu'elle n'avait que seize ans, enchaîna-t-elle sans parvenir à effacer l'amertume dans sa voix.

Bien sûr, il avait promis de l'épouser, mais il ne l'a jamais fait. Et pourtant, elle a toujours cru qu'il s'exécuterait.

Marquant une pause, Emma prit une profonde inspiration. Son cœur continuait à saigner pour la jeune fille qui avait cru à ce conte de fées, persuadée que l'amour était plus fort que tout. Pour la femme qui, les années passant, s'était cramponnée à la confiance qu'elle mettait en cet homme, en dépit des mensonges dont il l'abreuvait.

— Il a tourné les talons alors qu'elle venait à peine de tomber enceinte, reprit Emma. Elle a eu beau le supplier, quand elle a été jetée dehors par ses propres parents, il s'en est éperdument moqué. Et quand je suis née, il a attendu une année pour venir me voir. Ma mère gardait précieusement des photos sur lesquelles on me voyait à un an, dans les bras de ce… monstre. Qui, d'ailleurs, n'était pas resté plus de deux jours avec nous !

Les mots se bousculaient dans la bouche d'Emma, et elle était à bout de souffle. Car elle revoyait la petite fille qui se demandait pourquoi son père ne voulait pas d'elle. Si une grande partie de ses souvenirs s'étaient évaporés à cause de la commotion cérébrale – les plus immédiats, semblait-il –, ceux-là étaient bien présents à son esprit, et ils étaient incroyablement douloureux. Tant de choses lui revenaient. C'était comme si elle avait ouvert des vannes.

— Je me souviens d'une autre photo, poursuivit-elle, où j'avais cinq ans. Puis à mes treize ans. Sur celle-là, je le regarde avec une expression de dégoût. Ce sentiment ne m'a jamais quittée. Pas parce que je me sentais abandonnée par lui, mais à cause de ce qu'il lui faisait subir à *elle*. Chaque fois, il jurait ses grands dieux qu'il allait revenir pour de bon. Ma mère ne méritait pas cela.

Des larmes brouillaient la vision d'Emma. Elle les effaça avant d'enchaîner :

— Quant à lui, il n'était pas digne d'une femme aussi

bienveillante, aussi résignée. Il lui a brisé le cœur, et il a fini par avoir sa peau avec tous ses mensonges !

Se décidant à affronter le regard de Dante, Emma s'étonna de n'y lire aucune pitié. Il la fixait avec une expression impassible. Quant à la grande main, elle demeurait là où elle avait été posée pendant tout le cours de son récit : sur la sienne. Immobile. Juste *là*.

— C'est la raison pour laquelle j'étais tellement en colère quand tu m'as retrouvée dans l'avion, expliqua-t-elle. En me laissant derrière toi sans le moindre éclaircissement, tu m'avais donné l'impression que j'étais comme ma mère. J'ai besoin de savoir que je n'ai pas trahi tout ce en quoi je crois en acceptant de t'épouser. Car, quelque part, je sais que je m'étais juré de ne jamais me soumettre à un homme.

Le cœur d'Emma battait la chamade. Elle était à bout de forces, se sentant incroyablement à vif. *Vulnérable*.

Retirant sa main de dessous celle de Dante, elle lui fit face. Emma était quasi certaine de ne s'être jamais ouverte à personne de ce qui concernait ses parents. Si elle avait craint de se mettre en position de faiblesse en le faisant, elle réalisa très vite qu'il n'en était rien. Au contraire, elle avait le sentiment d'avoir repris le contrôle de sa vie. Après avoir été dépouillée de presque tout par l'amnésie, elle était incroyablement soulagée d'être en mesure de partager les quelques souvenirs qui lui revenaient. Les épaules en arrière, la tête fièrement dressée, elle conclut :

— Aide-moi à donner un sens à notre union, Dante. Parle-moi. Dis-moi qui tu es vraiment. Et raconte-moi aussi pourquoi tu détestes ton père.

Dante eut un petit hochement de tête.

Il avait passé les deux jours précédents au siège social du département japonais de son entreprise, justement afin d'éviter cette discussion. Ce n'était pas ainsi qu'il s'imaginait remettre Emma dans son lit. Il avait plutôt prévu d'enflammer ses sens, de l'étourdir par des spectacles éblouissants comme ce coucher de soleil sur le mont Fuji...

Les émotions que susciterait inévitablement l'entretien auquel Emma tenait tant étaient à mille lieues de ce que Dante était disposé à affronter. Quant à décortiquer les défauts de leurs pères respectifs, c'était un terrain d'entente qui lui semblait tout à fait superflu. Ils n'avaient pas besoin de cela.

Un lit leur suffisait.

Cependant, il était clair qu'Emma n'était pas prête à lâcher prise. À son grand regret, Dante comprit qu'il n'avait d'autre option que de capituler.

— Ma vie n'a pas été aussi dure que la tienne, commença-t-il. Je n'ai pas eu à me préoccuper de la relation entre mes parents, vu qu'elle était inexistante. L'argent n'a jamais été un problème pour moi, et je n'ai commencé à travailler qu'après avoir obtenu mes diplômes. Quant à savoir qui allait prendre soin de moi, cela non plus ne m'a jamais tourmenté. Mon père faisait appel à un bataillon de nurses, pour veiller à mon bien-être pendant qu'il s'élançait à la conquête du monde.

Et des femmes, ajouta Dante *in petto*.

— Tu vois, toi aussi ton père t'abandonnait, résuma Emma à l'inverse de ce que Dante entendait suggérer. Il ne s'occupait que de ses propres centres d'intérêt, te confiant à des étrangers.

Il s'efforça de rectifier, même au prix d'un mensonge :

— Ce n'est pas vraiment le cas. Dès que j'ai été en âge de le faire, je me suis à mon tour lancé dans l'exploration de la planète. Avec lui, parfois. En tout cas, en étant guidé par sa philosophie de vie.

Emma fit la grimace.

— Exactement comme la philosophie de vie de mon père a dirigé la mienne, objecta-t-elle. Tout autant que mes relations avec les hommes, jusqu'au jour où j'ai accepté de t'épouser. Avant cela, je m'interdisais de nouer des liens de peur de...

— D'être abandonnée ?

Tout à coup, Dante y voyait clair : ce qu'Emma avait fait avec lui, était exactement ce qu'elle redoutait pour elle-même. Au moins, c'était quelque chose qu'il ne pouvait pas reprocher à son propre père.

Sauf qu'il aurait dû être davantage présent pour toi.

— Oui, acquiesça Emma, l'arrachant à ses réflexions.

La fine bretelle de la robe avait glissé sur son épaule, et elle la remit en place. La vision des doigts minces effleurant l'épiderme satiné obligea Dante à déglutir douloureusement.

— Mon père, enchaîna-t-elle, ne s'est jamais soucié de l'effet que pouvait avoir sur moi sa façon d'entrer et sortir de ma vie à sa convenance. Et j'ai l'impression que le tien agissait de même. Si je comprends bien, il n'est réapparu auprès de toi que lorsque tu as été assez âgé pour t'associer à ses aventures, non ? Jusque-là il se débarrassait de l'enfant que tu étais entre les mains de nurses.

Lèvres pincées, Dante avait écouté la diatribe d'Emma en songeant qu'elle ne comprenait rien à son enfance.

— Cela n'a rien à voir ! protesta-t-il.

— Vraiment ?

Les prunelles bleues vinrent scruter les siennes, et Dante sentit un poids se poser sur sa poitrine.

— Je ne vois pas pourquoi je le détesterais, Emma, se défendit-il. Tout ce que j'ai, tout ce que je suis, c'est à mon père que je le dois.

Instinctivement, Dante s'était rapproché d'Emma mais il marqua le pas en lisant de la souffrance dans son beau regard. Comme si c'était *lui* qui en était la cause – une idée qu'il exécrait et refusait absolument.

Avant l'accident – avant qu'elle le quitte –, il l'aurait prise par la taille, puis serait venu se placer derrière elle pour remonter la robe bleue à pois blancs sur ses cuisses et ses hanches. Ensuite, il aurait possédé Emma toujours tournée vers le panorama, s'abandonnant contre lui. De coups de boutoir en assauts farouches, il l'aurait privée de toute capacité de réflexion, jusqu'à ce qu'elle ne puisse proférer autre chose que son prénom, lancé comme un cri dans l'obscurité. Dante serra les poings. Tout cela lui était totalement impossible avec la femme qui se tenait à ses côtés.

— Est-ce que tu lui en veux ? demanda Emma d'une voix douce.

— Pourquoi, diable, tiens-tu autant à ce que j'éprouve de la rancune à son égard ? tempêta Dante. Tu essaies de trouver à tout prix des points communs entre toi et moi, alors que nos situations sont diamétralement opposées. C'est grâce à mon père que je suis devenu ce que je suis. En le voyant vivre !

— J'ai beaucoup aimé ma mère. Elle s'est toujours dévouée pour moi. Pourtant, je lui en ai terriblement tenu rigueur d'être incapable de se détacher de mon père. Ce n'est pas seulement à *lui* que je dois la façon dont je me comporte dans les relations humaines, mais tout autant à *elle*...

La voix d'Emma se brisa. Elle détourna les yeux, laissant son regard se perdre dans l'immensité de la nuit. Lorsqu'elle se tourna à nouveau vers Dante, ce fut avec une expression impénétrable.

— C'est la faute de ma mère, reprit-elle, si j'ai affreusement peur de tomber amoureuse. Je me refuse à prendre le risque de me soumettre entièrement aux exigences d'un homme... jusqu'à n'être plus qu'une coquille vide.

À l'entendre tenir de tels propos, Dante s'interrogea : Emma craignait-elle que leur mariage n'ait été fondé sur le lien amoureux ? Sur toutes ces émotions dont lui-même se défiait comme de la peste ?

Ce qui avait rendu leur arrangement aussi parfait, c'était que la jeune femme rencontrée un soir de réception éprouvait la même prévention que lui à l'égard de tout ce qui relevait de l'attachement affectif. Ils étaient exactement sur la même longueur d'onde : le désir physique était leur seul moteur.

Devait-il croire que c'était pour cela qu'Emma l'avait quitté si brusquement ? Parce qu'elle avait pris peur de mettre de l'affectivité dans leur relation ? Ce qui expliquerait qu'elle tienne autant à ce que le divorce reste une option pour elle.

Tournée vers lui, Emma enserra sa taille mince de ses bras.

— Tous les enfants, en grandissant, deviennent-ils la copie de leurs parents ? demanda-t-elle.

— Je ne sais pas, répondit Dante. Pourquoi cette question ?

— En dépit de toutes les promesses que je me suis faites à moi-même, je ne voudrais pas être vouée à...

— À suivre les traces de ta mère ?

— Oui. Je me demande s'il y a quelque chose dans mon ADN, qui m'y destine. De la même manière que tu n'as pas pu te dérober à la perspective de faire prospérer l'héritage de ton père.

Dante n'essaya pas de la contredire. Après tout, songea-t-il, l'ADN était une réalité incontournable. Pour sa part, il était bien le digne fils de son père. Et s'il vivait avec un poids sur les épaules, c'était de devoir être à la hauteur de la légende que ce dernier incarnait.

Dans le cas d'Emma, la situation était bien différente. Au contraire de ce qu'il ressentait lui-même, elle se refusait absolument à marcher sur les traces de sa mère.

— Mon père est mort, Emma, dit-il dans l'espoir de mettre un terme à cette conversation. Je pense rarement à lui. C'était un homme simple. Il a toujours cherché à profiter au maximum de la vie, jusqu'à sa mort.

— Comment est-ce arrivé ?

— Il était en haute mer pour une course en solitaire. Son bateau a été retrouvé vide.

— Je suis désolée.

Dante fit un pas, puis un autre, en direction d'Emma.

— Il n'y a pas à l'être. C'est exactement la fin qu'il aurait souhaitée. Un aventurier ne meurt pas dans son lit.

— Ainsi, il a fini ses jours comme le baroudeur qu'il était, c'est cela ?

C'était d'un ton acerbe qu'Emma avait posé cette question – qui n'en était pas vraiment une. Dante vit palpiter ses narines et les frêles épaules se contracter. Elle devait juger que tous les hommes n'étaient que d'affreux égoïstes, peu soucieux du chagrin que leur mort était susceptible de causer.

Pensait-elle qu'il était fait du même bois ? se demanda Dante. Ce ne serait pas tout à fait faux. N'était-ce pas par égocentrisme qu'il revenait toujours vers elle, dans la maison de Mayfair où il savait qu'elle l'attendait ? Dans le seul but d'assouvir ses pulsions…

Sauf que, ce faisant, il satisfaisait également celles qui animaient Emma.

— Et ta mère ? le relança-t-elle.

Le regard d'azur le sondait. Dante ignorait ce qu'Emma espérait l'entendre dire, ni comment se sortir d'un échange ne correspondant à rien de ceux qu'il avait l'habitude d'avoir.

— Ma mère n'a jamais eu la moindre influence sur moi, lâcha-t-il. Elle m'a mis au monde, puis elle est partie vivre sa vie ailleurs. Si j'en crois ce que l'on m'a rapporté, elle s'est envolée à peine le cordon ombilical coupé.

Une étrange émotion nouait la poitrine de Dante. Quelque chose de cuisant, dont il n'avait aucune expérience.

— En te laissant seul ? insista Emma en frissonnant.

— J'avais mon père.

— Dis plutôt que tu n'avais personne, oui !

À la lueur des éclairages orangés de la terrasse, Dante vit qu'elle avait la chair de poule. Il aurait volontiers proposé diverses manières de la réchauffer, mais il savait qu'elle n'en voudrait pas.

Cependant, Emma n'avait pas tort. Il avait toujours été seul. Jusqu'à ce qu'il la rencontre… Ôtant sa veste, il la lui passa sur les épaules, tenant le vêtement aux revers.

— Aujourd'hui nous sommes là l'un pour l'autre, dit-il.

Ce qui n'était qu'une demi-vérité, et il en était conscient. Car cela n'existerait que pour un temps limité. Jusqu'à ce qu'il se lasse d'elle. Ou qu'elle se lasse de lui.

Le silence qui s'installa entre eux était à couper au couteau.

La tentation était forte, pour Dante, d'enfouir son visage dans les mèches blondes, d'y glisser les doigts pour attirer Emma à lui, de souder sa bouche au petit espace de peau sous son oreille. S'il ne se retenait pas, il aurait promené ses lèvres le long du cou gracile, puis mordillé la chair délicate de l'épaule. Ainsi il leur aurait permis, à tous deux, de reprendre pied dans un univers familier. De repartir de zéro.

Sauf que c'était absolument impossible.

N'avait-il pas consenti à ne plus embrasser cette quasi-inconnue plantée devant lui ? Quand bien même Dante ne rêvait que de balayer cette promesse d'un revers de main ; de s'abandonner à l'attraction qu'ils ressentaient l'un pour l'autre – cette connexion profonde, toujours présente à fleur de peau.

Il n'aurait su dire de quoi ce lien indéfectible était tissé. C'était simplement là. Entre eux. Comme une tension qui les enveloppait, presque palpable.

Il n'avait pas le droit d'y céder. Il ne volerait pas un baiser à Emma, et attendrait son consentement.

— Va te coucher, Emma, ordonna-t-il d'une voix rauque en s'écartant d'elle.

— Me coucher… ? redit-elle dans un souffle.

En cet instant, Dante eut la quasi-certitude qu'Emma ne résisterait pas s'il la prenait par la main pour l'entraîner jusqu'à un lit. *Leur* lit.

Mieux valait mettre davantage de distance entre elle et lui, ce qu'il fit sur-le-champ.

— Dante…, murmura-t-elle en tendant une main dans sa direction.

Secouant la tête, il accentua la distance qui les séparait.

Cela faisait des mois qu'il ne pensait qu'à cette femme. Son image le hantait indéfiniment, à chaque instant de ses jours comme de ses nuits.

Fermant les yeux, il sentit à nouveau dans sa poitrine cette douloureuse crispation qu'il ne parvenait pas à identifier et qu'il refusait de laisser s'installer en lui.

— Il est tard, dit-il. Bonne nuit, Emma.

S'il désirait follement Emma, Dante n'avait que faire de cette réincarnation d'elle qui s'obstinait à décortiquer leurs émotions. Pour ce soir, il préférait s'en tenir là. Il trouverait bien le moyen de lui faire comprendre comment leur couple avait fonctionné.

Autrefois.

Sans discours inutiles.

6

L'évocation de son enfance, à laquelle Emma s'était livrée, avait permis à Dante de mieux comprendre pourquoi elle tenait tant à la tranquillité matérielle, tout en repoussant ce qui était susceptible de ressembler un tant soit peu à un lien affectif.

Tout en se méfiant de lui.

Ce soir, il allait lui démontrer qu'elle avait tort.

Cela faisait trois jours que Dante s'employait à mettre sur pied une soirée entièrement vouée à ravir les sens de sa jeune épouse. Sans faire appel, en aucune manière, à ce qui relevait du domaine des sentiments ou des émotions.

Ce soir, il allait s'employer à enchanter Emma et à gagner sa confiance. Et leur relation reprendrait enfin son cours normal.

Dante promena un regard circulaire sur le lieu où se déroulerait son entreprise de séduction.

Au centre de l'espace, tendue de linge immaculé, une table était dressée pour deux. Aux quatre coins de la terrasse, des torches étaient plantées dans des pots en céramique. Posé sur la table, un menu de cuir noir, gravé de lettres dorées, attendait d'être ouvert par les doigts fins d'Emma. À la lueur des chandelles, elle y trouverait la description détaillée de plats conçus pour enflammer ses sens. Elle ne pourrait ignorer que celui qui avait présidé à la composition de ce repas connaissait parfaitement ses goûts.

Dante avait la ferme intention de contenter tous les caprices gustatifs d'Emma au cours de ce dîner qu'ils partageraient au cœur de cette plantation de cerisiers en fleur – organisée selon ses indications. Ensuite, il s'emploierait à satisfaire les appétits sexuels de sa femme.

Perdu dans ses pensées, Dante sursauta presque lorsqu'il vit deux serveurs en gants blancs faire signe d'avancer à la plus extraordinaire créature.

La robe d'Emma était telle qu'il l'avait rêvée. Fastueuse à l'extrême. Une myriade de sequins argentés avait été cousue sur la soie rouge sang, rehaussée d'une dentelle mêlant le mauve et le noir. Épaules et dos dénudés, Emma avait la taille prise dans un étroit corset, s'évasant en une sorte de queue de sirène.

Dissimulé dans l'ombre, Dante la regarda onduler le long du sentier de dalles blanches, tandis qu'elle levait des yeux étonnés vers la voûte fleurie. Dans son opulente chevelure, il vit scintiller une pince argentée retenant la haute queue-de-cheval. Un picotement parcourut ses doigts lorsqu'il se figura dégrafer le bijou pour laisser la masse blonde cascader sur les épaules nues...

Le regard d'Emma suivait chacune des branches formant comme un abri au-dessus de sa tête. Elle s'attarda sur les pétales allant du rouge vif au blanc le plus pur, puis contempla longuement les parterres de fleurs sauvages aux couleurs éclatantes.

Dante s'émerveilla de la voir resplendir dans la douce lumière orangée déversée par les lanternes suspendues ici et là. Emma semblait totalement à sa place dans cet univers féerique. On aurait dit quelque créature mythologique envoyée sur terre pour régenter arbres et fleurs.

Un souvenir vint titiller Dante. Il revoyait un panier débordant de mets fins, renversé au milieu de leurs vêtements qu'ils abandonnaient l'un après l'autre sur le chemin de la chambre à coucher. Leur projet de pique-nique était passé au second plan ce soir-là, tandis que Dante oubliait complètement à quel point sa jeune épouse aimait les jardins.

C'était, d'ailleurs, la raison pour laquelle ils avaient fait le choix d'habiter cette maison du quartier de Mayfair. Il se rappelait le jour où il était passé chercher Emma à son travail pour en faire la visite. En pénétrant dans le jardin secret, dissimulé derrière la bâtisse, il avait vu rayonner le ravissant visage.

Cependant, même après leur installation dans la vaste demeure, Dante n'était pas parvenu à convaincre Emma de renoncer aux différents emplois qu'elle occupait au moment de leur rencontre, pour aussi ingrats qu'ils soient. Chaque soir, elle travaillait comme serveuse ; dans la journée, elle aidait à la gestion d'une cafétéria ; pour compléter le tout, elle effectuait quelques heures de ménage, de-ci de-là...

Aujourd'hui, Dante se demandait si ce choix était dicté par le fait qu'elle n'aurait pas eu suffisamment confiance en lui. Pourtant, il lui avait apporté la preuve qu'il était en mesure de satisfaire à tous ses besoins.

Alors, pourquoi est-ce qu'elle t'a quitté ?

Un poids revint oppresser sa poitrine, mais il préféra l'ignorer. L'important était qu'Emma soit là, *maintenant*. Il ne devait se soucier de rien d'autre.

Elle s'était postée près de la table, caressant d'un index hésitant l'argenterie, les verres en cristal, les bougeoirs... Abandonnant le couvert des arbres, Dante s'approcha à pas feutrés. À peine fut-il derrière Emma qu'il eut l'impression de recevoir un coup au plexus, en humant les délicieux effluves de son parfum.

Elle pivota, tournant vers lui des yeux écarquillés, et posa une main sur le plastron de sa chemise, comme pour trouver son équilibre. Les prunelles bleues scintillaient.

— Merci, Dante..., souffla-t-elle. J'adore les jardins !

D'un geste circulaire, Emma désigna les fleurs, les arbres au-dessus d'eux.

— C'est magnifique ! s'extasia-t-elle. Partout où nous avons habité, ma mère et moi, nous avons toujours voulu qu'il y ait un bout de jardin à proximité. J'avais coutume de m'y réfugier avec un livre, pour oublier la dureté de notre vie, les larmes de maman… Les jardins me paraissaient toujours un endroit protégé, où tout était tranquille. Paisible.

Le regard de Dante se posa sur les lèvres entrouvertes, au dessin si sensuel, puis descendit vers la gorge délicate, s'arrêtant sur la saillie de la clavicule. S'il s'était écouté, il aurait emporté Emma dans ses bras à l'intérieur de la suite, jusqu'au lit, pour se perdre en elle. Pour étouffer, de ses lèvres, tous ces récits dont il n'avait que faire.

Il se contraignit à demeurer immobile. Sous les doigts fins, posés sur son torse, il ne doutait pas qu'Emma entende les battements déchaînés de son cœur.

— Je crois que j'ai compris, dit-elle.

— Compris quoi ?

— Notre mariage. Ça s'éclaircit dans mon esprit.

— Comment cela ?

— Toi et moi, nous avons connu des enfances pour le moins… *instables*. Nous avions besoin de stabilité, et nous l'avons trouvée dans notre relation.

Serrant les poings, Dante résista à l'envie d'attirer Emma contre lui, d'enserrer de ses mains la taille souple avant de les glisser jusqu'à ses hanches pour la plaquer à lui et lui montrer combien leurs deux corps s'ajustaient à la perfection. Pour qu'elle comprenne enfin que tous ces discours étaient superflus. Qu'elle n'avait besoin de rien d'autre que *lui*.

— Au fond, reprit-elle, tu m'as apporté la sérénité que je trouvais dans ces jardins.

Peut-être le moment était-il venu de tout lui révéler ? songea Dante. D'expliquer leur arrangement… Le contrat qu'ils avaient passé... Il était temps qu'il mette un terme à ces scénarios qu'Emma élaborait pour s'expliquer leur couple.

— Notre union n'a rien à voir avec tes histoires de... jardins, Emma, lâcha-t-il. Si nous sommes ensemble, c'est seulement pour les sensations que cela nous procure, à l'un comme à l'autre.

Plissant les paupières, elle le fixa d'un regard scrutateur.

— Que veux-tu dire ? le questionna-t-elle.

— Nous avons établi un contrat.

— Un *contrat* ?

— Oui. Nous nous sommes engagés à rester mariés pour aussi longtemps que cela nous permettrait d'assouvir la passion sexuelle qui nous lie. À l'origine, nous avions imaginé que cela durerait une année, avec la possibilité de prolonger à trois ans, si cet arrangement nous convenait toujours. Et c'était le cas, Emma ! Nous étions parfaitement heureux.

Sauf qu'elle t'a quitté. Ce qui a mis, de fait, un terme au fameux contrat.

Un détail technique dont Dante jugeait qu'il n'avait pas à faire état pour l'instant. Néanmoins, il était fermement décidé à s'en tenir aux faits. Il était hors de question de laisser Emma se faire des idées au sujet de leur couple ; le transformer en quelque chose que leur relation n'avait jamais été – quelque chose qui nécessiterait d'être entretenu sur le plan émotionnel.

Ce dont Dante ne voulait pour rien au monde.

Et Emma non plus, d'ailleurs.

En tout cas, pas la Emma qu'il connaissait.

— Tu n'as aucun risque de finir comme ta mère, expliqua-t-il. Nous avions tous les deux les mêmes objectifs en nous mariant : profiter l'un de l'autre, sans que cela s'accompagne d'un lien affectif, quel qu'il soit. Ce qu'on appelle l'amour nous a toujours paru la pire des supercheries. Et nous nous faisons mutuellement confiance pour respecter les termes du contrat que nous avons établi.

— En quoi consistent-ils ?

— Ils stipulent que nous sommes d'accord pour jouir l'un de l'autre, jusqu'à épuisement du désir que nous éprouvons.

Dante savait pertinemment que son propre désir n'était pas assouvi. Et il était certain qu'il en était de même pour Emma.

— Et qu'adviendra-t-il lorsque nous en aurons assez de notre histoire ? s'enquit Emma.

— Nous reprendrons notre liberté en divorçant. Avec, te concernant, l'attribution d'une dotation de nature à te mettre à l'abri du besoin pour le restant de tes jours.

— Mais quels avantages trouves-tu dans cette transaction ?

— Juste le privilège de jouir de toi.

Les doigts d'Emma se crispèrent sur le plastron de la chemise de Dante, et il planta son regard dans les prunelles bleu azur avant d'ajouter :

— Nous pouvons à nouveau connaître cela, Emma. Rien n'interdit que...

— Que nous ayons une relation charnelle, sans affects... ? Juste... du *sexe* ? À l'exclusion de toutes promesses... ? Jusqu'à ce que je me lasse de toi ?

— Ou moi de *toi* !

Certes, Dante ne demandait qu'à remettre Emma dans son lit, mais il tenait à ce qu'elle soit parfaitement au courant des conditions de leur convention.

— Je..., commença-t-elle.

Secouant la tête, il ne la laissa pas en dire plus.

— Réfléchis bien avant d'aller plus loin, lui intima-t-il. Et quelle que soit ta décision, j'exécuterai ce à quoi je me suis engagé. Si tu reprends ta liberté, tu recevras l'argent promis.

— Mais tu me garantis, également, que si j'accepte de coucher à nouveau avec toi, nous ne chercherons rien d'autre que la satisfaction de nos pulsions sexuelles respectives ?

— Exactement. Il ne sera pas question d'émotions. Juste du désir.

Recouvrant la main d'Emma de la sienne, Dante observa la façon dont l'étonnement entrouvrait les lèvres pleines. Cela faisait plus de trois mois qu'il attendait ce moment. Il avait si souvent imaginé Emma revenant vers lui, et la manière dont il reprendrait le pouvoir tout en lui donnant l'illusion que c'était *elle* qui tenait les rênes. Sauf qu'à cette minute, Dante n'avait aucunement le sentiment d'être le plus fort.

Il avait la curieuse impression d'être sur la corde raide. Obligé d'attendre. De l'attendre, *elle*.

C'était comme si Emma avait reçu un coup de fouet.

Tout ce qu'elle découvrait sur la nature de leur relation la plongeait dans un état de tension extrême.

Et puis, elle était bouleversée par ce qu'elle voyait autour d'elle : les parterres aux couleurs chatoyantes, et ce bosquet de cerisiers en fleur. Dire que Dante s'était soucié de lui offrir pareil enchantement quand il affirmait n'éprouver rien d'autre à son égard qu'une irrépressible attraction sexuelle !

Devait-elle croire qu'il la connaissait bien plus profondément qu'il ne voulait le dire ?

Qu'il ait fait réaliser, à son intention, un lieu aussi paradisiaque, ne reflétait pas simplement une attirance pour son corps, mais également une grande clairvoyance quant à la personne qu'elle était.

Submergée par les questions qui l'assaillaient, Emma sentit sa gorge se nouer. Il lui paraissait évident que ce qui les avait poussés à un mariage sans amour, Dante et elle, n'était pas une simple attirance physique.

Ils se ressemblaient de manière étonnante.

Leurs enfances respectives avaient été marquées par une instabilité expliquant en grande partie ce qui les avait conduits à unir leurs destins. Ils représentaient l'un pour l'autre un point d'ancrage dans un univers qui, jusqu'à leur rencontre, avait cruellement manqué de cohérence.

Ce qui expliquait, par la même occasion, qu'ils aient opté pour une union obéissant à des règles strictes.

Précaution indispensable !

Pour autant qu'elle n'ait pas complètement retrouvé ses esprits, Emma n'avait pas tout à fait oublié la femme qu'elle était avant son accident. Celle à qui la vie avait appris qu'il ne fallait compter sur personne.

Jamais elle n'aurait accepté le risque que l'intensité de leur désir mutuel ne la consume tout entière. Aussi, il n'était pas étonnant qu'elle ait tenu à avoir la garantie de pouvoir échapper à ce mariage dès qu'elle éprouverait le besoin de tout abandonner derrière elle. Y compris son... *mari.*

Celui-là même qui était venu la rechercher quand elle l'avait quitté sans explication.

Pourquoi avait-il fait cela ? Simplement parce que cette année de mariage n'avait pas suffi à rassasier le désir qu'elle lui inspirait ?

Et qu'en était-il pour sa part ? Dante lui avait-il permis d'assouvir la faim qu'elle éprouvait pour tant de virilité ?

L'image des sous-vêtements de dentelle qu'elle portait sous sa robe s'imposa à l'esprit d'Emma. Elle n'avait pas le souvenir d'avoir jamais porté quelque chose d'aussi raffiné. Pourtant, ce soir, elle les avait choisis d'instinct, avec le sentiment qu'ils lui conféraient à la fois sensualité et courage.

Dès l'instant où Dante était venu la chercher à l'hôpital, Emma avait senti s'ouvrir en elle un vide incommensurable. Ce soir, cherchait-elle à combler ce vide ? Devait-elle s'adonner à des plaisirs qu'elle s'était refusés jusque-là ?

Ne pouvait-elle repousser toutes les interrogations qui la hantaient ? Cesser de se demander pourquoi elle avait quitté Dante pour retourner vivre à Birmingham ?

Après tout, il n'avait pas tort lorsqu'il lui faisait remarquer qu'elle n'était pas allée au bout de sa démarche, en ne demandant pas le divorce – ce qui l'aurait mise à l'abri du besoin.

Or, lui non plus n'avait pas complètement mis un point final à leur histoire. De toute évidence, l'un comme l'autre laissaient toutes les options ouvertes…

Ce soir, Emma avait envie d'être courageuse.

Sensuelle !

Elle était prête à céder à l'envie de sentir les mains de Dante sur elle. Prête à se laisser dévorer par le feu ardent qu'elle percevait entre eux. Elle voulait plonger dans les profondeurs insondables des prunelles de jais qui la fixaient, et s'y noyer.

Elle allait assouvir tout son désir du corps de cet homme. Puis, elle s'en irait sans un regard en arrière.

Dante lui avait certifié que sa sécurité financière serait assurée, quelle que soit sa décision. Emma savait qu'elle pouvait lui faire confiance.

Que ce choix lui incombe lui donnait le sentiment de disposer d'un incroyable pouvoir. C'était à elle que revenait la décision de prendre le plaisir qu'elle désirait. La décision, aussi, d'offrir à Dante celui auquel il aspirait.

Soudain, Emma fut envahie par une incontrôlable nervosité. Craignant d'abîmer son maquillage, elle se retint de mordiller sa lèvre inférieure, préférant s'attaquer à l'intérieur de sa joue. La douleur lui parut un dérivatif bienvenu.

Elle n'avait pas oublié en quoi consistait la relation sexuelle. Cependant, les émotions que Dante suscitait en elle avaient une tonalité toute particulière. Avec lui, Emma avait envie de se livrer à des pratiques qu'elle était presque certaine de n'avoir jamais expérimentées avec quiconque – à moins que cela n'eût été déjà le cas au cours de l'année qu'ils avaient passée ensemble… ?

Elle s'imaginait à genoux, occupée à lui donner du plaisir

avec ses lèvres, sa langue, sa bouche. Mais elle se le figurait aussi agenouillé devant elle...

C'était enivrant d'imaginer comment les choses se passeraient entre eux. Il ne serait pas question d'un plaisir pris à la va-vite, égoïstement, assorti d'excuses bafouillées, sur le mode : « *Oh ! désolé ! Je n'ai pas pu me retenir.* »

Avec Dante, Emma savait que ce serait un véritable échange ; l'objectif commun de partager la même jouissance.

Il promenait son regard sur toutes les parties dénudées de son corps, faisant naître un brasier au tréfonds de son être. Une exaltation qu'Emma reconnaissait sans peine : la traînée de poudre qui s'enflammerait en elle à peine il souderait ses lèvres aux siennes.

Cette fois, elle était bien décidée à laisser l'incendie se propager, les dévorer tous les deux. Elle avait fait son choix. Ce soir, elle se donnerait à Dante sans se laisser envahir par les émotions, seulement soucieuse du plaisir qu'il lui offrait. Elle se livrerait à cette folie, savourant toute son intensité. Quel mal y avait-il à cela ?

Elle accentua la pression de sa main sur le torse d'athlète, accueillit pleinement la sensation de chaleur émanant de celle qui recouvrait la sienne, et qui la réchauffait des pieds à la tête.

— Embrasse-moi, ordonna-t-elle, grisée par le pouvoir que lui conférait cette injonction.

— Emma..., lança Dante d'un air sévère, tu dois m'en dire davantage. J'ai besoin de savoir clairement ce que tu souhaites, quelle est ta décision.

C'était une exigence qu'Emma partageait entièrement. Il était aussi impératif pour elle que pour lui qu'elle formule, à haute et intelligible voix, qu'elle acceptait de bon gré les termes de l'accord qu'ils avaient conclu lors de leur mariage, et que Dante lui proposait de renouveler.

— J'accepte tout, dit-elle. Notre mariage. Le contrat. Pas de sentiments. Juste du plaisir. Je choisis...

S'interrompant, elle laissa son regard étudier attentivement le visage penché vers elle. Les traits en étaient parfaitement symétriques. D'épaisses mèches d'un noir de jais venaient caresser les oreilles. De hautes pommettes surplombaient la mâchoire énergique et le nez aristocratique. Quant aux prunelles, tellement sombres, elle aurait pu aisément plonger dans leur insondable profondeur.

— Je te choisis..., reprit-elle, dans un souffle. *Toi !*

— Emmy...

Cette fois, il n'y avait plus trace d'une mise en garde dans la façon dont Dante prononçait ce diminutif. C'était plutôt une supplication. Il implorait qu'elle s'abandonne à ce feu qui les enveloppait tous les deux.

Sur la pointe des pieds, elle combla le peu de distance les séparant, centimètre après centimètre, tandis qu'elle sentait monter en elle une impatience fébrile.

Jusqu'à ce que Dante fonde sur sa bouche offerte.

7

Dante eut l'impression de se noyer dans ce baiser. Il laissa échapper un gémissement sourd, tandis que ses lèvres exploraient celles d'Emma.

L'entendre affirmer qu'elle était prête à lui revenir, à retrouver sa place entre ses bras, lui avait pratiquement coupé le souffle. C'était quelque chose dont il rêvait depuis si longtemps. Un fantasme qui avait constitué la seule réalité de sa vie au cours des longues heures où il s'efforçait de retrouver le parfum délicieux de cette bouche sensuelle. Mais, inéluctablement, ce souvenir se dissipait, et Dante s'acharnait à le faire revivre pendant des jours et des nuits de fièvre, luttant entre la volonté d'oublier Emma et le désir qui ne cessait de le tarauder. Et voilà qu'elle lui revenait. Qu'elle avouait le désirer tout autant qu'il la désirait lui-même.

Il souda son torse au buste d'Emma, écrasant les rondeurs de sa poitrine, cédant au besoin forcené que leurs deux corps ne fassent plus qu'un, et plaqua son sexe dur comme la pierre contre la douceur du ventre plat.

Ses mains se promenèrent sur les épaules dénudées, puis enserrèrent la taille fine avant de caresser la chute de reins découverte par le profond décolleté. Ses doigts se plantèrent dans la chair tendre pour attirer Emma encore plus près.

Sauf que cela ne suffisait pas à calmer son besoin éperdu de l'arrimer à lui. Dante était partagé entre l'envie de dévêtir Emma

– et d'en faire autant de son côté – et l'impossibilité dans laquelle il était de la libérer de son étreinte. Son cerveau ne commandait plus à ses bras, lui interdisant de faire ce à quoi tous deux aspiraient.

— Emmy…, gémit-il à nouveau contre sa bouche, s'étonnant lui-même de l'avidité perceptible dans sa voix.

Son corps en feu obéissait aux injonctions énigmatiques que lui soufflait son esprit, dans un langage qu'il avait peine à comprendre. Car elles parlaient de retenue, de circonspection, le bridant aux poignets par des chaînes invisibles, l'empêchant de laisser libre cours à ses pulsions.

Dante luttait entre la volonté de faire preuve de douceur pour cette première fois où ils allaient refaire l'amour, et la force d'une libido où la délicatesse n'avait aucune part. S'il s'était écouté, il aurait pris Emma sur-le-champ, au beau milieu de ce jardin.

En même temps, tout son être était taraudé par la nécessité de garder le contrôle de lui-même. D'aller doucement, de prendre le temps de savourer chaque parcelle de cet épiderme dont le contact lui avait tant manqué, de s'abandonner à la douce chaleur de ce corps divin et de s'y attarder.

Soudain, Emma le repoussa, lui arrachant sa bouche. Dans les prunelles bleues, devenues immenses, Dante vit briller l'intensité d'un désir identique au sien. Hypnotisé, il la regarda s'approcher de la table, puis s'asseoir tout au bord.

Cloué au sol, il était en proie à une faim presque douloureuse. Le souffle lui manqua quand Emma murmura :

— Viens… Prends-moi… Ici…

Malgré cette sommation, Dante était incapable du moindre geste.

— *Je t'en prie…*, insista-t-elle.

S'il se pliait à cette mise en demeure, ce serait faire revivre le couple qu'ils avaient formé avant sa fuite. Ce serait ranimer, dans l'esprit encore confus de la jeune femme, le souvenir de leur première nuit. Or, Dante ne voulait pas de cela.

Mais sais-tu bien ce que tu veux vraiment ?

Posant les yeux sur la bouche d'Emma, encore gonflée par leur baiser, il y vit la preuve du désir qui les animait tous les deux. Avec cette violence irrépressible. Comme autrefois.

Sauf que rien n'était pareil ! Il n'était pas le même homme. Emma n'était pas la même femme. Dante n'aurait su dire pourquoi, mais il ne pouvait que constater les changements survenus en eux, et entre eux. Les deux individus qui s'étaient rencontrés à ce gala de charité n'existaient plus.

Il sentit quelque chose se briser au tréfonds de son être.

Emma méritait mieux. Lui aussi.

Enfin capable de se mouvoir, il vint la prendre par le menton, préférant ignorer le frisson qui la parcourait et qu'il percevait entre son pouce et son index.

Dante se refusait à offrir à Emma la satisfaction d'une libido à laquelle elle lâchait la bride, contre toute attente. Elle méritait davantage qu'une rencontre impudique en un lieu exposé aux regards.

— Je pourrais te prendre ici, dit-il. Rien n'empêche que je tombe à genoux devant toi pour te donner du plaisir avec ma bouche et mes doigts. Je pourrais même te pénétrer sans attendre, sur ce coin de table.

Le cou gracile se crispa visiblement.

— Mais tu n'en feras rien, c'est cela ? le questionna Emma.

Resserrant l'étreinte de ses doigts sur le petit menton, Dante contraignit Emma à lever les yeux pour soutenir son regard. Il se reprocha d'y avoir fait naître doute et tristesse. De toute évidence, elle se sentait rejetée.

— Ne te méprends pas, grommela-t-il. Je te désire bien plus que je ne saurais le dire.

Lorsqu'il eut relâché le menton d'Emma, il s'empara de sa main et la plaça, paume ouverte, sur l'endroit de son anatomie qui ne laissait aucun doute sur son état d'excitation. Dante ne pouvait ignorer qu'elle sentait palpiter son érection. Des éclairs incendiaient les prunelles bleues.

— Je ne rêve que de te posséder de toutes les manières possibles, ajouta-t-il. D'être en toi...

Expliquer ce qui l'obligeait à résister à son désir était trop douloureux pour qu'il continue, et Dante s'interrompit en fermant les yeux.

— Alors, pourquoi ne pas me donner ce que je réclame ? souffla Emma, s'autorisant à palper timidement le sexe durci.

Dante ouvrit les yeux.

— Pas ailleurs que dans un lit, répondit-il d'une voix haletante.

Maintenant, il savait ce qu'il voulait *vraiment*. Emma dans son lit. Entre des draps où il la retiendrait prisonnière. Sans qu'elle tente de s'en échapper. Plus jamais !

— Un lit ? répéta-t-elle.

— J'aurais préféré le *nôtre*, à Mayfair..., murmura Dante, revoyant la couche qu'Emma avait abandonnée. Sauf que je ne parviendrai pas à me retenir aussi longtemps...

Cet aveu le fit trembler, sous l'effort qu'il faisait pour ne pas céder à la demande d'Emma, et la faire sienne sans plus attendre. Sauf que Dante était déterminé à ne pas flancher.

— Tu trembles ! s'étonna Emma.

— Tu trembleras tout autant quand je te ferai jouir, encore et encore, jusqu'à ce que tu comprennes que la seule vérité, c'est ce désir inextinguible qui nous unit. Cette passion que rien ne peut combler, qui exige toujours davantage.

Son sexe et tous ses muscles étaient tendus par une insatiable avidité. Mais Dante avait conscience que son désir s'accompagnait d'une autre émotion qui lui demeurait mystérieuse.

Il se souvint que le jour où il avait rédigé le nouveau contrat étendant à trois années supplémentaires la possibilité d'explorer plus longtemps leur désir mutuel, il n'avait ressenti qu'une satisfaction paisible. Quelque chose de nouveau pour lui. Pour la première fois de sa vie, il n'éprouvait pas le besoin habituel aux mâles de la tribu Capetta de se dépasser – de gravir un nouveau sommet, ou de sauter en parachute sur une zone dangereuse.

Tout ce à quoi il aspirait, c'était garder Emma auprès de lui. C'était ce qu'il éprouvait en cet instant même. Ce mélange de désir fou et de la plus parfaite paix de l'âme.

Néanmoins, Dante était tout sauf naïf. Il n'ignorait pas que cette obsession pour Emma finirait par s'épuiser. *Un jour ou l'autre.* Alors, et seulement alors, il mettrait un terme à leur relation. Ce jour n'était pas encore venu.

— Je veux disposer de tout le temps nécessaire pour te déguster, Emma, reprit-il.

— Me *déguster* ?

L'interrogation d'Emma s'était terminée dans une sorte de feulement qui mit le feu à l'imagination de Dante. Il hocha la tête. S'inclinant vers elle, il effleura de ses lèvres la chair tendre derrière son oreille et murmura :

— Je veux me repaître de chaque centimètre carré de ton corps. Très lentement. Es-tu prête à me suivre ?

Lorsque Dante se redressa, ce fut pour accrocher le regard bleu qui cherchait le sien. Emma en sonda les profondeurs, et il la laissa faire, car il savait qu'elle n'y trouverait rien d'autre que le brasier qui les consumait tous les deux. Puis elle lui prit la main et déclara :

— Oui. Je veux bien venir avec toi.

Abaissant son regard vers leurs deux mains nouées, Dante remarqua l'éclat de leurs alliances. Ainsi, Emma s'en remettait à lui pour faire revivre l'union qui avait été la leur. Il serra les doigts fins dans les siens.

— Suis-moi, lâcha-t-il dans un souffle rauque, avant de l'entraîner sur le sentier de pierre blanche, jusqu'aux doubles portes ouvrant sur le hall de l'hôtel.

Sans tarder, leurs vêtements seraient éparpillés sur le sol de toutes les pièces conduisant à la chambre. Puis ils se jetteraient enfin sur le grand lit, où ils resteraient dans les bras l'un de l'autre.

Jusqu'à ce que Dante sente s'évaporer l'obsession que lui inspirait Emma.

Traversant le hall dallé de marbre, Emma sentit tout son corps parcouru de picotements à l'idée de ce vers quoi elle marchait. D'irrépressibles fourmillements montaient de ses orteils, le long de ses mollets et de ses cuisses, pour venir se concentrer au cœur de sa féminité, d'où ils rayonnaient en vagues successives.

Tout comme elle, Dante gardait le silence. Ils n'échangèrent pas la moindre parole dans l'ascenseur privé les emportant vers le penthouse, au dernier étage du palace.

Emma ne pouvait oublier que jamais aucun homme n'avait tremblé de désir pour elle, comme Dante. Jamais un homme n'avait exprimé le besoin de la… *déguster.*

Comment n'aurait-elle pas été émue jusqu'au tréfonds de l'âme en l'entendant exprimer pareille volonté ? Car cela signifiait qu'elle était enfin précieuse aux yeux de quelqu'un. Qu'un homme tenait à elle.

À prendre conscience de cela, Emma sentit une souffrance aiguë lui transpercer la poitrine. Tout ce que sa propre mère avait en vain attendu de la part de l'homme de sa vie, voilà qu'elle-même en jouissait. Grâce à Dante !

Il prenait soin d'elle d'une manière qu'elle n'avait jamais connue, dont elle avait toujours pensé ne pas être digne. Car espérer le contraire était bien trop dangereux. Fatal, même !

Fermant les paupières, Emma songea qu'elle avait passé sa vie à fuir ses émotions, ses désirs les plus secrets. Tout cela, par peur de devenir comme sa mère, et de finir abandonnée. Certes, elle savait qu'elle ne pouvait attendre d'amour de la part de Dante. Mais il prenait soin d'elle. Il la protégeait. Cela lui suffisait amplement. C'était tout ce qu'elle demandait à la vie.

Lentement, elle ouvrit les yeux, puis tourna la tête vers

l'homme qui continuait à lui tenir la main, l'observant entre ses cils à demi clos.

Pourquoi l'avait-elle quitté, si elle trouvait une telle satisfaction à vivre à ses côtés ? se demanda-t-elle.

Mais, après tout, quelle importance ?

Dans les portes métalliques de la cabine, elle contempla son reflet. Celui de ce corps dont Dante connaissait intimement la moindre partie.

Prendrait-il ses seins dans ses paumes avec la même douceur qu'il avait mise à enserrer son visage ? se demanda-t-elle. Oserait-elle lui dire qu'elle mourait d'envie qu'il en aspire les mamelons entre ses lèvres, puis les mordille ? Caresserait-il son ventre, avant de laisser sa main glisser jusqu'au buisson de boucles à l'apex de ses cuisses ?

Emma était impatiente d'avoir les réponses à toutes ces questions qui l'assaillaient. De savoir si les caresses de Dante lui rappelleraient celles auxquelles il l'avait soumise, au cours de leur année de mariage.

En tout cas, il n'avait pas tort : un lit leur était indispensable pour se redécouvrir mutuellement, pour explorer ce qu'avait été leur relation. Avec tendresse et respect.

Les portes de l'ascenseur s'ouvrirent sur l'entrée du penthouse.

— Prête ? la questionna Dante d'une voix rauque.

L'était-elle vraiment ? s'interrogea Emma *in petto*. Serait-elle capable de survivre à cette nuit ?

— Prête, répondit-elle dans un souffle.

8

Main dans la main, Emma et Dante traversèrent la somptueuse suite d'un pas pressé. Ce fut à peine si, du coin de l'œil, elle remarqua des branches de cerisiers en fleur, dans de grands vases, dont les pétales s'envolaient à leur passage.

Une fois qu'ils furent devant la porte de la chambre, Dante lui lâcha la main pour ouvrir, avant de lui céder le passage.

Depuis leur arrivée au Japon, Emma avait occupé sa suite personnelle, et c'était la première fois qu'elle pénétrait dans la chambre de Dante. Elle ne put manquer d'être impressionnée par les immenses baies vitrées occupant deux des quatre murs, ouvrant sur les lumières multicolores de la ville.

Combien de pièces de ce genre avait-elle fréquentées en compagnie de Dante ? Combien de lits avaient-ils connus, avant qu'il décide d'en trouver un qui ne serait qu'à eux ?

Avant qu'il décide qu'ils feraient mieux de se marier ?

Cependant, Emma était certaine que le grand lit qu'elle découvrait ce soir-là, elle ne l'oublierait pas. D'un regard circulaire, elle engloba le mur de pierre blanche, la douceur des éclairages rappelant celui de chandelles, la tête de lit de bois sombre subtilement sculpté, les draps de soie noire sur lesquels tranchaient les oreillers immaculés.

L'excitation fit monter en elle une vague torride, tel un raz-de-marée. Elle s'avança vers le lit.

— Attends !

Une poigne d'airain l'agrippa au poignet, l'immobilisant.

— Je n'ai pas envie d'attendre, protesta-t-elle.

Frémissante, Emma vibrait du besoin de soulager la tension qui habitait tout son corps. Du pouce, Dante caressa l'endroit où son pouls battait follement.

— Je veux te déshabiller, souffla-t-il. *Lentement.*

Lorsqu'il libéra son poignet et s'approcha d'elle, Emma sentit son haleine incandescente lui caresser la nuque, exacerbant les pulsations au creux de son intimité secrète.

Dante vint se plaquer à son dos, qu'elle arqua pour mieux unir leurs corps. Elle percevait les contours du sien, et sa chaleur qui s'insinuait dans tous les pores de son épiderme découvert par le profond décolleté de la robe.

Bien que Dante ait exprimé le désir de la dévêtir lentement, elle ne pouvait s'empêcher d'être tenaillée par une urgence qui lui faisait souhaiter qu'ils soient déjà nus. C'était tellement intense que la tête lui tournait.

— Eh bien, vas-y, déshabille-moi ! lui intima-t-elle d'une voix embrumée.

Emma avait l'impression de l'autoriser non seulement à la débarrasser de ses vêtements, mais aussi à faire tomber l'armure sous laquelle elle se protégeait.

Elle n'avait pas le souvenir d'avoir jamais été considérée comme une sorte de cadeau dont on prendrait plaisir à défaire l'emballage. Quelque chose d'éminemment *précieux*. Peut-être avait-elle déjà connu pareille situation dans les bras de Dante, mais cela s'était effacé de sa mémoire.

— Sois patiente, rétorqua Dante. Je veux d'abord faire ça…

Il activa le mécanisme de la pince retenant la queue-de-cheval, et Emma sentit la masse de ses cheveux tomber sur ses épaules. Puis Dante glissa les doigts dans leur épaisseur.

— J'en ai tellement rêvé, dit-il. De nouer ces boucles sur mes doigts. De les enrouler autour de mon poing.

Le cœur d'Emma fit un bond dans sa poitrine.

— Tu veux dire que tu as rêvé de *moi* ? le questionna-t-elle.

— Oui.

Lorsque Dante ramena l'ensemble de sa chevelure sur son épaule gauche, Emma frémit sous l'agréable caresse sur sa clavicule, mais cela ne lui suffisait pas. C'étaient les mains puissantes dont elle espérait la pression, désirant qu'elles la marquent comme au fer rouge.

La jointure des doigts de Dante glissa le long de son épine dorsale, lui arrachant un halètement.

— Chaque nuit, reprit-il dans un souffle, j'ai été obsédé par l'envie de t'embrasser là...

Délicatement, la bouche brûlante s'appliqua à l'extrémité de sa colonne vertébrale, puis Dante ajouta :

— Et là...

Il souda ses lèvres au creux de son épaule, à la base du cou, et Emma entendit un bruit étrange monter de sa propre gorge. Une plainte sourde suppliant qu'il s'aventure plus loin. Les lèvres de Dante remontèrent jusqu'à l'endroit hypersensible, derrière son oreille, et il murmura :

— Et là, aussi.

Ensuite, il aspira, se livrant à une succion dont les effets se répercutèrent jusqu'au cœur de sa féminité.

Pantelante, Emma eut un hoquet de surprise lorsqu'il fit descendre sur ses fesses la fermeture à glissière de sa robe, puis en écarta les pans avant de l'attirer à nouveau contre lui, plaquant à elle son érection d'airain.

— Je t'en prie..., murmura-t-elle, à bout de forces.

— Tourne-toi, ordonna-t-il.

Les jambes flageolantes, Emma fit ce qu'il lui intimait. Un

regard d'un noir d'obsidienne plongea dans le sien avec une intensité qui lui coupa le souffle.

— Tu me pries de faire quoi, Emmy ? l'interrogea-t-il.

— De continuer, souffla-t-elle. Que tu ne cesses pas de me caresser...

— Avec mes paumes ? la questionna Dante en les faisant aller et venir sur la taille d'Emma. Mes doigts, aussi ?

De leur extrémité, il titilla l'intérieur des bras d'Emma, là où la chair était ultrasensible. Puis, il délivra sa poitrine du corset de la robe, exposant ses seins enserrés dans la dentelle sous laquelle pointaient les tétons durcis.

— Oui, murmura Emma. Je veux tout ça.

— Comme cela ?

Les grandes mains s'emparèrent des rondeurs de sa poitrine. Emma déglutit.

— Plus fort, gémit-elle.

Pétrissant ses seins, Dante fit aller et venir ses pouces sur les mamelons électrisés.

— C'est mieux ? s'enquit-il.

— Oui..., répondit Emma en haletant.

— Est-ce que tu veux que je les prenne dans ma bouche ?

— Oh ! oui... S'il te plaît...

Inclinant la tête, Dante aspira un téton entre ses lèvres, suçotant jusqu'à ce qu'Emma le sente animé de palpitations.

Lorsque Dante se redressa, elle ne put s'empêcher de lâcher un sonore :

— Non !

— Tu veux que j'arrête ?

Cramponnée aux revers de Dante, Emma protesta d'une voix dont elle ne reconnaissait pas les intonations impudiques :

— Non, surtout pas !

D'une main habile, il détacha l'agrafe du soutien-gorge qu'il fit tomber au sol. Se reculant, il contempla sa nudité d'un regard avide.

— Tu as des seins magnifiques, dit-il.

Un cri monta de la gorge d'Emma lorsqu'il aspira la pointe dressée du sein qu'il n'avait pas encore honoré, reprenant sa torture diabolique. Le sang battait aux oreilles d'Emma, dans un vacarme assourdissant.

Tout en tiraillant la jupe qu'il fit descendre sur ses hanches, Dante entreprit de déposer une pluie de baisers sur sa poitrine, puis son ventre. La robe vint s'étaler en corolle aux pieds d'Emma, et il l'aida à s'en extraire avant de s'agenouiller devant elle.

— Cela fait des mois, grommela-t-il d'une voix sourde, que je ne pense qu'à la saveur de ta peau.

Dans le regard que Dante leva vers elle, Emma vit briller une lueur presque sauvage. Quelque chose de primitif qui parlait de possession. Mais elle n'avait plus peur de ce genre d'émotion. Bien au contraire, cela faisait sourdre une moiteur torride entre ses cuisses. Très doucement, Dante les écarta, et elle ne résista pas, s'ouvrant à lui.

— Tu la sens, Emma, l'adrénaline qui monte en nous ? s'enquit-il.

Ses pouces caressaient l'intérieur des cuisses d'Emma, et elle hocha la tête, le cœur battant la chamade.

— Pose une main sur mon épaule, la somma-t-il.

Sans discuter, Emma tendit la main pour se cramponner à la musculature d'athlète. Toutes ses terminaisons nerveuses étaient à vif.

Vrillant son regard au sien, Dante fit glisser les doigts le long de sa cuisse, effleurant son genou, puis agrippant un mollet, gainé de soie noire, de manière à lui lever une jambe qu'il posa sur son épaule. Ensuite, sa main fit le chemin inverse, remontant négligemment jusqu'en haut de sa cuisse, avant de lui prodiguer la plus intime des caresses.

— Est-ce que tu veux que je fasse ça avec ma bouche, Emma ? demanda-t-il d'une voix caverneuse.

Il avait dit cela avec des intonations torrides qui s'adressaient directement à son sexe, y faisaient naître des pulsations frénétiques, réveillaient des crispations en des endroits dont Emma n'avait jamais soupçonné l'existence. Mais elle n'attendait que ça : la bouche de Dante lui donnant le plus affolant des baisers.

— Oui, s'il te plaît, avec ta bouche..., soupira-t-elle.

De la poitrine de Dante monta un sanglot guttural, qui résonna aux oreilles d'Emma. Elle sentit qu'il plaquait la bouche là où ses doigts avaient laissé leur empreinte, aspirant ses pétales moites à travers la dentelle, les explorant de sa langue.

Tendant les mains vers la tête nichée entre ses cuisses, Emma noua les doigts aux cheveux couleur aile de corbeau, pour l'attirer encore plus près de son intimité secrète.

Dante accéléra les mouvements de sa langue, et plus il l'enfonçait au cœur de sa féminité, plus Emma sentait le tourment qui la transperçait devenir plus aigu, plus convulsif.

— Oh... oh... oh..., gémit-elle follement.

La langue de Dante s'insinua de plus en plus profondément en elle, avant que ses lèvres se referment sur le bouton gorgé de désir qu'il entreprit de sucer.

Pantelante, Emma s'abandonna aux sensations délicieuses déferlant dans tout son corps, se délectant sans retenue du plaisir inouï que Dante lui offrait.

Cependant, elle en voulait davantage. Ses mains couraient sur les épaules de Dante, dans ses cheveux, l'attirant toujours plus près.

Il la tenait par les hanches, la plaquant étroitement contre sa bouche, accompagnant le balancement du corps d'Emma sans cesser d'œuvrer de ses lèvres et sa langue. Ensuite, il écarta d'une main sa culotte afin d'avoir accès au bourgeon hypersensible. Le plaisir qui submergeait Emma était presque insupportable. Instinctivement, sa tête bascula en arrière quand deux doigts s'insinuèrent en elle, écartant ses muscles internes, avant qu'ils s'enfoncent jusqu'à la garde et se mettent à effectuer des mouvements de va-et-vient au plus profond de son intimité.

— Oh ! oui…, lança-t-elle en s'arrimant de toutes ses forces aux épaules de Dante. Je vais… je vais… jouir…

Un troisième doigt s'insinua dans sa chair ruisselante.

— Oh !

Emma avait beau sentir que Dante l'emplissait totalement, elle n'avait qu'un désir : que son long membre la pénètre.

— Je veux t'avoir en moi, souffla-t-elle.

— Attends un peu. Je vais te transformer en une fontaine de plaisir. Pour que tu puisses m'accueillir tout entier…

C'était d'une voix gutturale que Dante avait prononcé cette déclaration qui mit le feu à l'imagination d'Emma.

Les longs doigts se recourbèrent en elle, venant se placer sur un endroit de son anatomie dont Emma ignorait jusqu'à l'existence. Un point que Dante entreprit de titiller jusqu'à ce qu'elle soit emportée dans un maelström de plaisir.

Emma sentait l'orgasme monter en elle, s'arc-boutant pour y résister. C'était trop fort ! S'abandonner à la jouissance ultime, c'était prendre le risque d'être anéantie, de voir sa personnalité se dissoudre, de changer du tout au tout.

Car, ce à quoi Dante la soumettait était aussi ravageur qu'il l'avait promis. Il l'entraînait vers des sommets qu'elle n'avait jamais atteints avec aucun autre homme.

— Je veux que tu lâches prise, rugit-il.

Dante attendait qu'elle se livre entièrement à lui, sans restriction aucune. Et elle le rejoignait dans cette nécessité, en proie au besoin impérieux de briser les chaînes dont elle s'était chargée. De capituler. De rendre les armes pour redevenir ce qu'elle était dans les bras de cet homme : une femme intrépide, sensuelle, sans peur et sans reproche…

Pour la première fois depuis son accident, elle avait la certitude d'être enfin à sa place. Entre les bras de Dante. Dans le lit qu'il lui offrait – dans cette union dont ils avaient voulu qu'elle leur permette d'assouvir leurs désirs, à l'un comme à l'autre.

Avec Dante, Emma savait qu'elle pouvait donner cours à toutes ses pulsions. À toutes ses attentes charnelles. Sans en redouter les conséquences.

Ce fut seulement à l'instant où elle prit pleinement conscience de cette vérité qu'elle parvint à se laisser aller.

Sans crainte. Sans inhibition.

— Dante ! lâcha-t-elle dans un cri.

Et chacune des deux syllabes de ce prénom semblait s'être formée au plus profond de son être…

Très doucement, Dante retira ses doigts, avant de se mettre debout pour prendre Emma dans ses bras, la soulevant du sol.

— Dante…, souffla-t-elle.

— Chut, répliqua-t-il avec un calme qu'il était loin de ressentir.

Tout son corps était tendu dans une attente que n'avait pas suffi à contenter le fait de faire jouir Emma. Une attente dont il n'aurait su précisément spécifier la nature, et dont il avait seulement conscience qu'elle dépassait largement la nécessité de retrouver la relation qu'ils avaient eue par le passé.

Pourtant, son instinct lui dictait de se contenter de souder sa bouche à celle d'Emma, de tomber avec elle au milieu du grand lit, et de cesser de se torturer l'esprit avec des interrogations auxquelles il était incapable de répondre. De se perdre dans le plaisir qu'ils se donnaient l'un à l'autre.

Inclinant la tête, il plongea son regard dans celui d'Emma.

— Merci…, souffla-t-elle, plaquant une paume sur sa joue brûlante. C'était…

— Juste un début, l'interrompit-il.

Il n'avait que faire de la gratitude d'Emma. Ce que Dante voulait, c'était retrouver sa femme. Qu'elle reprenne sa place dans leur lit, et qu'elle y reste jusqu'à ce qu'il sente son propre corps libéré du besoin qu'il avait d'elle.

Emma avait noué les bras autour de son cou, tandis qu'il l'emportait, et Dante sentait son souffle chaud le caresser.

— Je vais te donner tout le plaisir que tu mérites, lâcha-t-il d'une voix voilée.

— Je sais, se contenta de répondre Emma.

Elle lui faisait une confiance aveugle, certaine qu'il comblerait ses désirs les plus fous. Ce à quoi Dante était prêt.

Il allait la faire trembler de tous ses membres, jusqu'à ce qu'elle en perde sa capacité de raisonnement. Comme ce serait le cas pour lui-même. Car le plaisir qu'ils allaient prendre, l'un avec l'autre, était incroyablement grisant. Addictif.

Lorsqu'il déposa Emma sur le bord du lit, elle avança une main vers la ceinture du pantalon qu'il n'avait toujours pas ôté.

— Moi aussi, fit-elle, je veux explorer chaque centimètre carré de ton corps. Et apprendre à te donner du plaisir... avec ma bouche.

C'était en rougissant qu'elle avait lâché cet aveu, mais sans pour autant cesser de soutenir son regard ni écarter la main.

En guise d'assentiment, Dante se contenta d'un hochement de tête car il n'osait se risquer à parler. Il demeura parfaitement immobile tout le temps qu'Emma défit la ceinture du pantalon.

Enfin, les doigts délicats se faufilèrent à l'intérieur du caleçon, dont elle le libéra avec une douceur empreinte de circonspection, jusqu'à ce que son membre se dresse fièrement, enserré dans la main pâle.

Dante vit s'incliner la tête blonde...

— Emma..., souffla-t-il au moment où elle passa la langue sur l'extrémité, recueillant la perle qu'y faisait sourdre le désir.

Puis, elle le prit lentement dans sa bouche, l'acceptant jusque dans sa gorge, centimètre par centimètre. Cette fois, ce fut dans un rugissement que Dante lâcha :

— Emma !

Car elle avait entamé un délicieux mouvement de succion qu'elle accompagnait de pressions sur toute la longueur de son membre, en même temps que ses lèvres allaient et venaient, le gainant d'une moiteur ardente.

Nouant les doigts aux boucles dorées, Dante contempla Emma tandis qu'elle s'employait à lui donner du plaisir.

Soudain, ce fut presque trop. Il ne comprenait pas comment Emma parvenait aussi facilement à le pousser aux limites de son self-control, faisant fi des règles qu'il s'était toujours imposées dans la vie.

— Emma, arrête..., grommela-t-il d'une voix où perçait l'impatience.

Dante n'était pas encore prêt à lâcher prise. Il tenait à montrer à Emma qu'il avait suffisamment d'empire sur lui-même pour résister, et les conduire ensemble à l'orgasme.

Il prit une profonde inspiration, et murmura :

— Est-ce que tu te rends compte de l'effet que tu me fais, Emmy ? Tu m'excites tellement que ça en est presque douloureux. Mais je ne veux pas me déverser dans ta bouche. Je veux te pénétrer. Aller et venir en toi, te sentir palpiter autour de mon sexe, jusqu'à ce que tu jouisses une nouvelle fois.

— Moi aussi, je le veux, souffla-t-elle, les dents serrées, en glissant vers le centre du lit. Viens sur moi.

C'était ce que Dante espérait entendre depuis plusieurs mois. D'une main nerveuse, il desserra son nœud de cravate qu'il fit passer par-dessus sa tête et envoya au sol. Il lui sembla qu'une multitude de boutons fermait sa chemise, et il crut ne jamais en venir à bout. Lorsqu'il fut torse nu, il vit qu'Emma le dévorait du regard. Pour autant, il ne s'interrompit pas, retirant prestement pantalon, caleçon, chaussettes et chaussures dans un même mouvement.

Enfin, Dante vint se placer entre les cuisses ouvertes, percevant le mouvement de bassin qu'Emma faisait pour se hisser contre son érection palpitante. Il ne tarda pas à retirer la dernière barrière les séparant l'un de l'autre, faisant glisser le slip de dentelle noire le long des jambes fuselées jusqu'aux chevilles d'Emma, avant de le jeter à terre.

Une fois qu'elle fut nue, il prit le temps de laisser courir ses lèvres sur le satin du mollet, puis du genou, et de l'intérieur de la cuisse.

— Pose les jambes sur mes épaules, ordonna-t-il, afin qu'elle soit en position de l'accueillir au plus profond de sa féminité et qu'il l'emplisse totalement.

Emma obéit. Alors Dante vint se placer à l'orée de son sexe. Il était dévoré par le besoin éperdu de se glisser en elle. Ce qu'il fit avec une lenteur mesurée, centimètre après centimètre, prenant tout son temps avant de céder à l'urgence qui ne lui laisserait d'autre choix que de se lancer dans des assauts furieux les conduisant à l'orgasme.

Mais avant cela, il marqua une pause, afin de retrouver un minimum de contrôle sur lui-même.

— Qu'y a-t-il, Dante ? l'interrogea Emma. Tu veux arrêter ?

— Pourquoi, c'est ce que tu voudrais ?

— Non !

Les boucles blondes, répandues sur l'oreiller immaculé, ondoyèrent au mouvement de dénégation qu'Emma fit avec la tête.

— Je veux aller doucement, déclara Dante. Je n'ai pas envie de te faire mal.

— Cela n'arrivera pas, protesta Emma. Mon corps se souvient forcément de toi.

Soulevant son bassin, elle l'attira un peu plus profondément en elle. Emma tendit une main pour la poser sur son torse, et lorsqu'elle caressa du bout des doigts ses mamelons douloureux, tout le corps de Dante s'embrasa. La sueur perlait à son front, et il ne put résister au besoin de s'enfoncer plus avant, arrachant une grimace à Emma qui gémit.

— Oui… Viens !

Lui agrippant les flancs, Dante plongea en elle à coups de

boutoir répétés, impérieux. Tous ses muscles étaient crispés par l'effort qu'il produisait pour ne pas s'abandonner à ses pulsions animales, et risquer de faire mal à Emma.

Lentement, il se livra à des mouvements de va-et-vient dont il espérait qu'ils suffiraient à ce que le corps d'Emma retrouve des sensations familières. Elle noua les chevilles autour de son cou, et supplia :

— Plus vite, Dante ! Plus fort !

Cette prière était tout ce que Dante espérait depuis des mois. Tout ce que son propre corps attendait.

Emma ne pouvait l'ignorer, eut-il le temps de comprendre, car c'était ce qu'elle désirait elle aussi. Mettre fin à ces longs mois d'abstinence pour s'abandonner à l'alchimie existant entre eux.

— Dante... je t'en prie !

L'injonction psalmodiée suffit à abattre les dernières défenses de Dante. Il s'enfonça au plus loin de ce corps offert, le possédant totalement.

Ce faisant, il eut le sentiment de se retrouver enfin *chez lui*. Emma était la seule patrie qu'il n'eut jamais connue, jamais désirée. Cette découverte le crucifiait.

Emma était sa Terre promise.

C'était terrifiant, et Dante préféra écarter cette pensée. Il eut envie de rugir, lorsqu'elle ordonna :

— Ne t'arrête pas !

Puis les ongles d'Emma s'enfoncèrent dans sa chair, et il la sentit se contracter autour de son sexe palpitant, l'enserrant convulsivement dans la délicieuse touffeur du fourreau dans lequel il coulissait.

— Dante !

À bout de souffle, Dante haletait tout en se refusant à fermer les yeux. Emma dardait son regard dans le sien. Hanches soudées, leurs deux corps tendus comme des arcs, il était presque impossible de dire où l'un commençait et l'autre finissait.

— Emma ! cria Dante à l'instant où il se déversa en elle, en saccades brûlantes, dans un orgasme comme il n'en avait jamais connu.

Plus rien n'existait autour de lui, hormis le corps d'Emma sous le sien. Pantelant, il s'appuya sur les coudes et nicha son visage au creux du cou tendu.

— C'était… fantastique, souffla-t-elle.

— C'est *toi*, qui es fantastique, corrigea-t-il contre sa peau.

Ne devait-il admettre qu'Emma était dotée d'une sorte de pouvoir surnaturel ? Car, petit à petit, elle s'était immiscée dans sa vie et l'avait ensorcelé.

— Merci, dit-elle en l'entourant de ses bras.

Soudain, le jour se fit dans l'esprit de Dante.

Tout lui apparaissait avec la plus parfaite clarté : il avait gagné ! Emma lui était revenue. Et il s'emploierait à la garder là où était sa place : auprès de lui, dans un lit.

Tout au moins, pendant quelque temps.

9

Emma percevait la respiration de Dante sous sa joue, et les battements réguliers du cœur, dans sa poitrine. Il passait un bras possessif autour d'elle, une main crochetant sa hanche. Elle n'aurait pu bouger, même si elle l'avait voulu.

Pour autant qu'elle s'en souvienne, elle n'avait jamais partagé le lit d'un homme pour une nuit. Était-ce une situation qu'elle avait précédemment connue avec Dante ? Elle n'aurait su le dire. En tout cas, ils avaient dormi enlacés pour la majeure partie de la nuit.

Le soleil entrait à flots par les baies vitrées, dessinant le torse hâlé parsemé de toison brune. Au creux de son estomac, Emma sentit se répandre une onde de chaleur au souvenir de ce qu'avaient été les heures précédentes.

Quelque chose de… *fabuleux*.

Malgré son corps endolori, elle mourait d'envie qu'ils recommencent. D'ailleurs, qu'est-ce qui l'empêchait de se glisser sous les draps pour réveiller Dante en le prenant dans sa bouche ? Elle se sentait merveilleusement libre de s'abandonner à toutes ses pulsions, sachant qu'il y répondrait en payant de retour les caresses qu'elle lui prodiguait, tandis qu'ils s'offriraient mutuellement un plaisir sans bornes.

C'était une relation sexuelle sans risque, songea Emma, puisque leurs émotions n'entraient pas en ligne de compte et que… Soudain, elle se figea. La panique l'envahit.

Ils avaient fait l'amour sans protection ! Était-ce la première fois, ou bien cela s'était-il produit par le passé ? Emma n'était certaine de rien. Encore l'un des effets de sa mémoire défaillante...

Sa main se posa sur son ventre plat. Qu'adviendrait-il si elle se retrouvait enceinte ? Y avait-il une clause de leur contrat où cette éventualité était abordée ?

— Qu'est-ce qui ne va pas ?

Dante avait dû percevoir son anxiété en émergeant des brumes du sommeil.

— Nous n'avons pas utilisé de protection, dit-elle en attendant sa réaction.

Le rythme des battements de cœur de Dante demeura des plus paisibles.

— Je suis peut-être enceinte, ajouta Emma. Mes cycles ne sont pas réguliers... Peut-être vaudrait-il mieux que j'aie recours à la pilule du lendemain ?

Les longs doigts suivirent négligemment le dessin de sa clavicule.

— Ne t'inquiète pas, souffla Dante. Il n'y a aucun risque.

— Comment peux-tu en être sûr ?

De son autre main, Dante lissa les cheveux d'Emma, avant de répondre :

— Je ne peux pas avoir d'enfant. J'ai subi une vasectomie, il y a des années. Bien avant notre rencontre.

Un poids étrange pesa sur la poitrine d'Emma. Elle aurait été bien incapable de dire si elle éprouvait soulagement ou regret. Elle se morigéna *in petto* : cela n'avait aucun sens de déplorer de ne pas pouvoir porter l'enfant de Dante !

— Est-ce que tu le regrettes ? le questionna-t-elle, avant de se reprocher son audace.

— Non. Avoir des enfants ne fait pas partie de mes plans.

Dante avait déclaré cela avec le plus parfait détachement, et la curiosité d'Emma n'en fut que davantage excitée.

— Pourquoi ? s'enquit-elle.

— Ma mère m'a utilisé pour faire pression sur mon père. Il réclamait un héritier, et elle lui en a, en quelque sorte… *vendu* un. J'ai toujours pensé que je ne voudrais pas qu'un enfant soit utilisé comme monnaie d'échange entre une femme et moi.

D'un bond, Emma se redressa sur le lit.

— Ta mère t'a vraiment *vendu* ? le questionna-t-elle.

Dante n'avait pas bougé. Il gardait la même attitude détendue. Comment était-ce possible, s'interrogea Emma, quand il venait de lui confier quelque chose d'aussi affreux ?

— Oui, vraiment, répondit-il en haussant les épaules. Contre sa sécurité financière à vie, et une île privée de la taille d'un micro-État.

— Mais comment a-t-elle pu ?

— Cela n'a aucune importance. Elle n'a jamais joué le moindre rôle dans ma vie.

De toute évidence, Dante ne souhaitait pas s'étendre sur le sujet. Cependant, Emma n'en avait pas terminé.

— C'est pourtant à cause d'elle que tu as décidé de ne jamais avoir de progéniture, insista-t-elle.

Son cœur se serra à l'idée de la souffrance endurée par l'enfant qu'avait été Dante. Être abandonné par une mère qui avait choisi de l'échanger contre des biens matériels, que pouvait-il y avoir de plus terrible ? Il s'en fallait de peu qu'Emma ne fonde en larmes pour cet homme qui avait choisi de ne jamais prendre le risque d'enfanter, de peur qu'un petit être ne soit utilisé comme une sorte de caution contre lui.

Elle-même s'était toujours figuré qu'elle n'aurait pas d'enfant. Car, pour rien au monde, elle n'aurait voulu être seule pour l'élever.

Sauf que tu n'es plus seule…

— C'est ce qui m'a toujours semblé le plus raisonnable, répliqua Dante. J'avais dix-huit ans, à l'époque. Je venais de perdre mon père. Mais je prendrais la même décision aujourd'hui.

S'inclinant vers Emma, Dante lui prit le visage entre ses mains ; son regard de braise sondait le sien.

— Qui plus est, ajouta-t-il, c'est une bénédiction de pouvoir être en toi sans avoir à me soucier des conséquences.

Le ton enjoué de cette remarque était clairement forcé, et Emma ne pouvait ignorer qu'il cherchait à mettre un terme à la discussion.

Il suffit d'un instant pour qu'elle sente s'évaporer son malaise, remplacé par un désir inextinguible. Ne pensant plus à rien d'autre, elle souda ses lèvres à celles de Dante. Elle mourait d'envie de le sentir à nouveau en elle, d'être menée au paroxysme du plaisir par ce long membre pénétrant au plus profond de son intimité.

Sans plus réfléchir, Emma vint s'asseoir à califourchon sur les cuisses de Dante. Devinant l'extrémité de son érection qui flirtait avec son sexe, elle se frotta à lui dans une danse sensuelle.

— Emma, gémit-il contre sa bouche.

Cette supplication ne fit que conforter la confiance qu'Emma éprouvait en sa propre sensualité. Une sensualité que Dante lui avait permis de révéler.

C'était tellement bon de faire preuve d'audace, de prendre son plaisir simplement parce qu'elle en avait envie.

— Allonge-toi, souffla-t-elle en le repoussant doucement contre les oreillers.

Nouant ses mains à celles de Dante, elle les releva au-dessus de la tête brune, les plaquant au lit. Emma s'inclina pour promener la pointe durcie de ses seins contre le torse musculeux, le titillant, le réduisant à sa merci. Se hissant sur les cuisses, elle s'empala progressivement sur le sexe dressé.

Basculant la tête en arrière, Emma entrouvrit les lèvres, et un râle monta de sa gorge. C'était presque un rugissement. Une sorte de cri inarticulé. Une lamentation.

Comment ne pas se fier à cette alchimie extraordinaire qui existait entre eux ? C'était une communion aussi bien de leurs corps que de leurs esprits, et peu importait qu'elle ne sache pas combien de temps cela durerait.

— Ah ! cria Dante en hissant son bassin vers elle, lui agrippant les flancs pour l'attirer encore plus profondément.

— Dante...

— Je veux me déverser en toi, grommela-t-il. T'emplir tout entière et te sentir pulser autour de mon sexe jusqu'à t'avoir tout donné.

Coulissant sur sa virilité triomphante, dans un rythme de plus en plus intense, Emma accueillit Dante aussi loin que son corps le permettait.

— Je vais jouir..., murmura-t-elle.

Cette fois, elle ne chercha pas à résister, capitulant tout au contraire. Sans fermer les paupières. Car elle n'éprouvait plus le besoin de se cacher à elle-même qui elle était.

N'était-elle pas la femme de Dante ? Il savait exactement ce qu'elle aimait et attendait de lui.

— Emmy ! rugit-il à l'instant où il s'abandonnait à l'orgasme.

Un orgasme fulgurant déferla en Emma, tandis qu'une série de convulsions la secouait, et qu'elle était submergée par une vague incandescente.

Alors, elle se laissa totalement emporter par le plaisir inouï que lui donnait celui en qui elle reconnaissait... *son mari.*

Dante ne pouvait que se réjouir du succès de son plan.

Sa femme avait retrouvé le chemin de leur lit.

Cela faisait presque vingt-quatre heures qu'elle se donnait à lui, et qu'il se repaissait de tout ce qu'elle était prête à lui offrir. Ensemble, ils avaient satisfait le moindre des fantasmes qu'il entretenait la concernant.

Fermant les paupières, il interrompit la caresse qu'il prodiguait au dos souple, inspira le parfum de la chevelure blonde étalée sur son épaule, se délectant de la chaleur du corps lové contre le sien. Il avait fini par épuiser Emma, jusqu'à ce qu'elle s'avoue enfin rassasiée, bien qu'elle ne cesse de réclamer davantage.

Dante aurait dû être comblé. Apaisé.

Cependant, il ne pouvait ignorer qu'au cours de ces longues heures, le lien entre lui et Emma n'avait fait que se renforcer.

Cette chose étrange qui palpitait entre eux, loin d'être assouvie, semblait avoir pris plus d'ampleur. Quant au désir qui les taraudait, il refusait de s'éteindre, renaissant interminablement.

Néanmoins, Emma posait trop de questions. Et Dante avait beau s'efforcer de lui rappeler les règles qu'ils s'étaient fixées, elle n'en avait cure. Chaque fois qu'elle l'interrogeait sur quelque chose dont il n'avait pas envie de parler, il lui rappelait ce qu'ils étaient l'un pour l'autre – quelle était la véritable nature de leur relation.

Il avait besoin de se retrouver seul. Loin de ce lit, et d'Emma.

Se rappelant ce qu'elle lui avait confié sur la paix qu'elle recherchait dans les jardins, il songea que lui aussi savait où profiter d'une tranquillité bienvenue. Dans un lieu où ne poussaient pas de fleurs. Où il y avait juste quatre murs. Un espace que Dante retrouvait dans chaque pays, chaque ville où il séjournait.

Là où il se réfugiait lorsqu'il avait besoin de quiétude et de sérénité. Peut-être qu'en lui faisant visiter cet endroit où il aimait à se ressourcer, au cœur de Tokyo – dans le quartier de Shinjuku City –, il parviendrait à faire comprendre à Emma le besoin qu'il avait de maintenir une distance avec autrui ?

Résistant à l'envie d'embrasser Emma, il lui caressa la joue.

— Emma, réveille-toi, fit-il. Je veux te montrer quelque chose.

10

Dans la luxueuse limousine noire, aux sièges de cuir crème, Dante et Emma étaient assis côte à côte. Fascinée par les lumières éblouissantes de la ville, la jeune femme ne quittait pas des yeux le spectacle s'offrant à elle à travers la vitre, accordant à Dante tout loisir de l'observer attentivement.

Lorsqu'elle se tourna vers lui brièvement, le bleu céruléen des pupilles retint son attention. Il s'y lisait tant de choses, quand Emma le bombardait d'une multitude de questions auxquelles il n'avait pas de réponse !

Lèvres serrées, Dante songea qu'il ne voulait plus ni écouter ni parler. Il avait besoin de calme. De *solitude.*

Emma était enveloppée dans un confortable manteau beige dont le col montait haut, dissimulant les marques sur son cou. Dante avait beau faire, le désir que lui inspirait son épouse ne se calmait pas, se rallumant même aux moments les plus inattendus. Y compris quand il ne le souhaitait pas...

Tout au long des mois de leur union, il était certain d'avoir fait tout son possible pour combler les attentes d'Emma. Néanmoins, il ne lui avait jamais accordé l'accès à ses pensées.

De la même manière, il n'avait jamais sollicité de confidences de sa part, se moquant éperdument qu'elle prenne plaisir à visiter des jardins, ou que des raisons obscures lui fassent préférer unir son sort à quelqu'un qui ne lui parlerait pas d'amour.

Sauf que, désormais, Dante avait clairement compris qu'Emma trouvait un refuge entre ses bras – un lieu où elle était à l'abri de tout. Savoir cela faisait peser un poids considérable sur ses épaules. La confiance qu'elle plaçait en lui était d'autant plus précieuse – et fragile ! – qu'elle ne se rappelait pratiquement rien de la vie qu'ils avaient partagée.

Pour rien au monde, Dante n'aurait voulu faire du mal à Emma.

La voiture venait de s'immobiliser sous un néon clignotant, et il se rendit compte qu'ils étaient arrivés à destination. La rue était des plus quelconques, fréquentée par des gens ordinaires vaquant à leurs banales occupations.

Une douce chaleur s'insinua dans la main de Dante, car celle d'Emma venait de recouvrir la sienne, posée entre eux sur la banquette. Son regard s'arrêta sur l'alliance en or, matérialisant le fait que cette femme était la sienne. Tout au moins jusqu'au moment où l'un d'entre eux déciderait de mettre un terme à ce mariage.

Cette pensée déplaisait à Dante, et l'agacement fit palpiter ses narines.

Il appréciait qu'Emma porte ce signe qu'elle lui appartenait. Surtout, pour l'accompagner en ce lieu où il n'avait jamais amené personne.

— Est-ce que nous sommes arrivés ?

La petite voix le ramena à la réalité. Le forçant à s'extraire de l'obsession qu'il éprouvait à l'égard d'Emma.

Ce n'était pas de l'amour, non ! Dante était certain de ne jamais connaître rien de tel. Mais pourquoi s'interdirait-il d'accepter les émotions qu'elle faisait naître en lui ?

Cependant, il ne serait jamais en mesure d'offrir à Emma la vie qu'elle espérait : un foyer, auprès d'un homme qui ne se consacrerait qu'à elle. Il n'était pas cet homme, et ne le serait jamais. C'était une certitude inébranlable !

Alors, qu'est-ce que tu fais là ?

— Dante ?

Il tourna son regard vers les grands yeux bleus qui le sondaient.

— Oui, on y va, fit-il.

S'extrayant de la limousine, Dante se planta sur le trottoir pour attendre qu'Emma le rejoigne. Il n'aurait su dire ce qui rendait sa respiration si difficile. Il avait l'impression que les poumons lui brûlaient à chaque inspiration.

— C'est par-là, fit-il en désignant à Emma une double porte de bois noir, sans la moindre indication.

L'air un peu intrigué, Emma poussa l'un des battants, puis se tourna vers lui et demanda :

— Tu viens ?

Sans répondre, Dante lui emboîta le pas. Aucun son n'aurait franchi ses lèvres, tant il était tenaillé par le besoin douloureux de ne pas s'écarter d'elle.

À la suite d'Emma, il pénétra en ce lieu dont il avait toujours pensé qu'il n'était fait que pour lui.

Comment pouvait-il croire qu'elle y serait à sa place ? Pourquoi entraîner Emma à l'écart des lumières, de l'agitation, des parfums si typiques de Shinjuku City, jusque dans cette rue bien plus insignifiante que toutes celles du Soho londonien ?

Pourtant, c'était en toute connaissance de cause que Dante avait choisi de conduire Emma là où il n'avait jamais emmené qui que ce soit d'autre. Un lieu où il se sentait curieusement *chez lui* – et qui n'avait rien de commun avec un jardin romantique. C'était juste un bâtiment en briques, sans la moindre ouverture, et dont les portes se refermaient automatiquement sur leur passage.

Ce soir, ce n'était pas vers un lit que Dante entraînait Emma, mais vers un espace clos où ils seraient seuls.

L'écho métallique de la serrure résonna dans le silence.

— Tu as fermé à clé ? s'étonna Emma en se tournant vers Dante.

— Ça se verrouille automatiquement. Peu de gens connaissent

l'existence de cet endroit, mais si quelqu'un cherche à entrer, on saura que c'est occupé.

Un long tunnel s'étendait devant eux, éclairé par des néons clignotants. Emma avança, tendant une main pour effleurer les feuillages artificiels montant à l'assaut des murs.

— Où sommes-nous ? le questionna-t-elle.

— Tu verras.

Dans son dos, la voix de Dante avait résonné, grave et sourde dans le silence. Il n'était qu'à deux pas derrière elle, et pourtant elle avait l'impression qu'il était terriblement loin.

— Mais encore ? insista-t-elle.

— C'est un endroit où je viens lorsque j'ai envie d'être seul.

— Mais ce soir, tu n'es pas seul.

— Je sais.

— Et cela t'arrive souvent d'emmener quelqu'un ici quand tu as besoin d'être… *seul* ?

— Pas avant aujourd'hui. Je n'y ai jamais emmené que *toi*.

Le sang rugit aux oreilles d'Emma. Ainsi, elle était la première personne à qui Dante faisait découvrir ce lieu mystérieux. Cela voulait certainement dire quelque chose… Quand bien même elle ne comprenait pas où ils se trouvaient.

— Et pourquoi est-ce que tu viens ici ? s'enquit-elle.

— Pour manger.

La voix de Dante avait beau demeurer atone, Emma avait l'impression qu'elle transperçait sa chair, s'insinuant au plus profond de son être. Continuant à avancer, elle lança par-dessus son épaule :

— Pourtant, il n'y a pas de restaurants, ici, non ?

— Il y en a des centaines. *Jidô-hanbaiki*, cela s'appelle.

Emma était arrivée devant une porte, et elle s'arrêta. Dante s'approcha, presque à la toucher.

— Entre, fit-il.

Levant une main vers la poignée argentée, Emma suspendit

son geste. Elle avait envie de profiter encore quelques secondes d'être seule avec Dante, dans la semi-obscurité.

Il se rapprocha davantage, sans pour autant établir un contact physique avec elle. Le souffle court, Emma dut lutter contre l'envie de faire volte-face pour se plaquer contre son large torse. Il ne lui en laissa pas le temps, car il s'inclina jusqu'à ce qu'elle sente son haleine lui effleurer l'oreille, derrière laquelle il fit passer une mèche de ses cheveux d'un index caressant.

— Tu ne veux pas entrer ? s'enquit-il. Il n'y aura que toi et moi.

Appuyant sur la poignée, Emma ouvrit la porte sur un espace dans lequel les éclairages jaunes ne dissipaient pas complètement l'obscurité.

Faisant quelques pas sur le sol dallé de marbre blanc et noir, elle regretta instantanément de s'être éloignée de la chaleur de Dante. Mais elle se laissa absorber par la vision étrange qu'elle découvrait : les plantes artificielles dans des pots disposés aux quatre coins de la pièce, les chaises dépareillées, les tables au bois usé, les portraits souriants de personnes dégustant diverses nourritures accrochés aux murs, la pile de bols immaculés sur le comptoir de couleur sombre…

— C'est vraiment ici que tu viens quand tu as envie de t'isoler ? le questionna Emma.

— Oui, répondit Dante en la rejoignant.

Les yeux écarquillés, Emma contempla les diverses machines rectangulaires, de tailles et de couleurs différentes, alignées contre tous les murs, hormis celui orné de photos.

— Des distributeurs automatiques ? s'étonna-t-elle en se tournant vers Dante.

Il hocha la tête.

— Exactement, fit-il. On appelle ça des *Jidô-hanbaiki*, comme je te l'ai dit. En abrégé, des *Jihanki*. C'est un phénomène culturel, au Japon. On en trouve un peu partout. Entre ces murs, il te suffit de presser un bouton, pour voyager n'importe où dans le monde.

Tout ce que tu peux rêver de goûter, qu'il s'agisse d'un plat ou d'une boisson, est à ta disposition dans ces machines.

Se passant une main dans les cheveux, Emma dévisagea Dante, puis reporta son attention sur les distributeurs.

— Je ne suis pas sûre de comprendre…, dit-elle. Tu as l'opportunité de voyager dans le monde entier. Tu peux trouver, dans tous les pays que tu visites, bien mieux que ce qu'il y a ici. Pourquoi… pourquoi cet endroit ?

— Eh bien, pour moi… c'est l'équivalent de tes jardins.

— Mes jardins ?

Dante s'était approché d'Emma, et il enroula une mèche de ses cheveux sur son index. Elle vit sa pomme d'Adam monter et descendre convulsivement.

— D'abord, nous allons dîner, expliqua-t-il. Puis je te raconterai l'histoire d'un petit garçon qui avait fini par trouver l'endroit secret où il se sentait à l'abri. Comme toi, dans les jardins.

Il tirailla la mèche prisonnière de ses doigts, non pour lui faire mal, juste pour soulager la tension qui l'habitait visiblement.

— Ensuite, ajouta-t-il, je t'expliquerai pourquoi je t'ai conduite ici.

La laissant plantée sur place, Dante s'écarta d'Emma pour gagner le comptoir où il prit deux bols dans la pile, avant d'y ajouter des couverts et de placer le tout sur une table. Puis, il se dirigea vers l'un des distributeurs – tous décorés de dessins multicolores – sur lequel il poussa un bouton, déclenchant le mécanisme.

Immobile, Emma observait sans mot dire. Elle avait l'impression d'être une mouche sur le mur, assistant à une sorte de cérémonial auquel Dante avait coutume de se livrer sans témoins, à en croire ce qu'il disait.

Pourtant il avait tenu à ce qu'elle soit présente, et cela lui donnait le sentiment qu'ils partageaient un moment privilégié.

Le sentiment de compter pour lui.

Un arôme de gingembre se répandit dans la pièce, lorsque

sortit de l'appareil une tasse, puis une seconde que Dante prit l'une après l'autre pour aller verser le liquide dans les bols qu'il avait préparés.

— Soupe de poulet au gingembre, annonça-t-il.

Tirant une chaise, il la désigna à Emma.

— Assieds-toi, dit-il. Et mange.

Elle obtempéra, s'installant en face de lui. Ensemble, ils prirent chacun leur cuillère, qu'ils trempèrent dans le potage, dans une harmonie conviviale dont Emma n'avait jamais fait l'expérience. N'était-ce pas le genre de moment dont sa mère avait toujours rêvé ? Un repas ordinaire, pris en commun, dans un silence paisible, une compréhension mutuelle. En oubliant le monde extérieur, si froid, si hostile...

Emma n'aurait pas désiré être ailleurs qu'en ce lieu, en compagnie de Dante. Protégée par sa présence. Par leur union.

Une fois qu'il eut vidé son bol, Dante posa la cuillère sur la table. Puis, il se mit à parler.

— Mon père employait une armée de domestiques pour prendre soin de moi. Cela a commencé dès l'instant où je suis sorti du ventre de ma mère.

Il marqua une pause, déglutissant avec peine pour ravaler l'émotion imprégnant ces paroles. Manifestement, cela lui demandait un effort considérable de leur faire franchir ses lèvres. Emma reconnaissait ce qu'elle avait vécu lorsqu'elle s'était confiée à Dante, sur la terrasse. Aussi se dispensa-t-elle de tout commentaire, se contentant d'écouter.

— À partir de ce jour, reprit-il, j'ai été sans cesse entouré de personnel, de nurses, de professeurs. Tout un tas de gens qui ne me quittaient pas d'une semelle. Et qui pourtant n'en avaient rien à faire de l'enfant, puis de l'adolescent que j'étais. Au fil des années, un visage en remplaçait un autre. Et tous ne faisaient qu'appliquer les règles édictées par mon père, que nous soyons dans un manoir en Angleterre, une villa de luxe en Sicile ou un penthouse au Japon. Je n'étais jamais seul.

— C'est pour cela que tu as cherché ce qui pourrait être l'équivalent des jardins où je me réfugiais ? l'interrogea Emma en désignant le décor, autour d'eux, d'un geste large.

— Dans tous les pays où je me suis trouvé, j'ai recherché un endroit où j'échapperais à l'influence de mon père. Où je ne serais pas soumis à la surveillance de ses subordonnés. Cela pouvait être un café dans un village, une librairie dans une ruelle reculée... J'y entrais parce que c'était *moi* qui l'avais choisi. Puis je payais pour qu'on ferme les portes derrière moi...

— Comme moi, l'interrompit Emma, lorsque je me faufilais dehors au milieu de la nuit.

Le cœur battant la chamade, elle venait de prendre conscience de ce que leurs histoires avaient de commun. L'un comme l'autre, ils avaient été livrés à eux-mêmes, même si c'était de façon différente.

Mais ils avaient fini par se rencontrer. Par créer quelque chose... qui leur ressemblait. Qui n'était qu'à eux.

— Tu fuyais ces maisons pleines de monde où tu n'avais pas ta place, reprit Emma. Juste pour te créer un univers paisible, loin de l'agitation de ces gens pour lesquels tu n'existais pas vraiment. Tu trouvais un abri, où te réfugier de ton plein gré, sur lequel ton père n'avait aucun pouvoir. Où *toi seul* décidais qui tu y accepterais...

— Et je t'ai choisie, *toi*, Emma. Ensemble, nous avons décidé de nous marier. Parce que nous avons les mêmes besoins. Nous avons cherché une maison, parce que nous comprenons...

— Nous nous comprenons l'un l'autre, tu veux dire ?

— Je te connais, Emma. Aussi bien que tu me connais.

Jamais personne n'avait cherché à découvrir qui était réellement Emma. Pouvait-elle croire que Dante la comprenait suffisamment pour être prêt à partager avec elle un refuge où elle se sentirait à l'abri ? Même si l'amour n'y avait pas de place...

Emma en était certaine, maintenant. Elle n'aurait plus jamais envie de fuir. Elle voulait rester auprès de Dante, sous sa protection.

— Si je t'ai emmenée ici, Emma, reprit-il, c'est pour te montrer que je ne cherche pas à faire de notre mariage un sanctuaire où trouver asile. J'ai suffisamment de lieux qui me servent à cela. Cependant, j'ai réalisé que nous sommes en droit de jouer ce rôle l'un pour l'autre. Même si ce n'est pas une nécessité. Je me suis trompé en te tenant à distance comme je l'ai fait. En te traitant comme tous ces gens dont je ne voulais pas qu'ils m'approchent de peur de m'attacher à eux.

Un peu interloquée par cette longue déclaration, Emma demeurait bouche bée, et Dante lui sourit comme pour la rassurer avant d'enchaîner :

— Nous sommes pareils, tous les deux. Nous avons les mêmes besoins. Nous ne représenterons jamais un risque l'un pour l'autre. Alors, si tu le veux bien, Emma, je peux être ce jardin où tu aimes à te ressourcer. Et tu symboliseras la même chose pour moi. Notre union nous préservera de tout ce que ni toi ni moi ne voulons dans nos vies. L'amour. L'attachement. C'est en cela que nous constituerons un lieu sûr l'un pour l'autre.

Observant l'exaltation s'inscrivant sur les traits de Dante, Emma ne put s'empêcher d'admirer son extraordinaire beauté. Puis elle planta son regard dans les profondeurs des prunelles de jais.

Dante lui offrait-il une chose qu'elle n'avait jamais espérée ? La sécurité de la relation avec un homme ? Avait-elle enfin trouvé l'endroit où elle se sentirait chez elle ?

Pouvait-elle croire que Dante serait son jardin secret, son repaire. Là où elle serait épaulée, abritée.

Et il ne serait pas question d'amour entre eux, car ni lui ni elle ne souhaitaient cela.

— D'ailleurs, poursuivit-il, c'est peut-être la raison qui explique ta fuite. J'ai eu le tort de t'imposer une distance avec moi qui n'avait pas lieu d'être. Aujourd'hui, je sais que je suis prêt à te donner ce que tu attends : la sécurité qui t'a toujours fait défaut dans la vie.

Curieusement, sans qu'elle comprenne ni pourquoi ni comment, ce fut à cet instant que le jour se fit dans l'esprit d'Emma.

Tout à coup, elle retrouvait avec la plus parfaite lucidité le souvenir de ce qu'avaient été les dernières années de son existence, depuis son arrivée à Londres. Tout lui revenait, et en particulier ce qui l'avait poussée à s'enfuir de la demeure de Mayfair.

Reposant brutalement la cuillère dans son bol, elle se leva, faisant crisser la chaise sur le sol de marbre.

Si elle avait quitté Dante aussi subitement, sans la moindre explication, c'était parce qu'elle avait passé outre aux termes de leur accord, en commençant à éprouver des sentiments pour cet homme à qui elle avait lié son sort en se promettant bien de ne jamais, au grand jamais, avoir *besoin* de lui.

De ne jamais tomber amoureuse.

— Qu'y a-t-il ? s'alarma Dante en la sondant de son regard d'obsidienne. Ça ne va pas ?

Emma ferma les paupières pour s'accorder quelques secondes pendant lesquelles elle s'efforcerait de se reprendre. De calmer la souffrance qui la taraudait.

— Je ne me sens pas très bien, fit-elle. J'aimerais retourner à l'hôtel.

Elle venait de comprendre ce qui l'avait poussée à abandonner Dante – comme il l'avait été par sa mère, puis son père. En tombant amoureuse de lui, elle l'avait trahi, contrevenant à toutes les règles qu'ils s'étaient fixées mutuellement. Or, Dante ignorait tout de cela.

Il se trompait : elle représentait pour lui un risque qu'il n'était pas prêt à courir. Elle incarnait tout ce qu'il refusait obstinément.

— Je suis désolée, souffla-t-elle.

C'était le terme le plus adéquat qui se puisse trouver : elle était désolée d'enfreindre leurs règles de vie, d'avoir besoin de lui, de désirer précisément ce dont il se méfiait comme de la peste.

Aux yeux de Dante, elle personnifiait l'essence même du danger. Et s'il avait commis une erreur, c'était de l'introduire dans le saint des saints de ce qui était son refuge.

— C'est moi qui suis navré, dit-il. J'aurais dû te laisser te reposer.

Puis, la soutenant d'un bras passé autour de sa taille, il la reconduisit jusqu'à la limousine, tandis qu'elle retenait ses larmes.

Nichant son visage au creux du cou de Dante, Emma se contraignit à ne pas pleurer.

Pourtant, tout était fini !

11

Une fois qu'il eut attaché leurs ceintures de sécurité, Dante intima au chauffeur de les ramener à l'hôtel le plus rapidement possible.

Emma se laissa aller contre la banquette, reportant son regard sur les rues défilant derrière la vitre. Tout lui semblait changé. L'agitation effrénée de la mégalopole, les néons aveuglants... plus rien n'avait de sens.

Comment n'aurait-elle pas été submergée par le sentiment abominable d'avoir trahi Dante en même temps qu'elle se trahissait elle-même ? Elle prenait seulement conscience de l'ampleur de sa faute.

Pourquoi avait-il fallu qu'elle commette l'erreur fatale de tomber amoureuse ?

Elle avait tout gâché !

Lorsque la limousine s'immobilisa devant la façade illuminée du *Capetta Continental*, Dante sortit pour venir lui ouvrir la portière. Levant les yeux, Emma vit qu'il la regardait d'un air inquiet. Manifestement, il ne comprenait rien à ce qu'il se passait. Elle allait devoir avouer que la mémoire lui était revenue. Qu'elle savait ce qui l'avait décidée à fuir la maison de Mayfair.

— Est-ce que tu as besoin que je te porte ? la questionna-t-il.

Emma fit non de la tête. Comment aurait-elle accepté, quand elle avait conscience d'être devenue son ennemie jurée ?

Ne représentait-elle pas tout ce qu'il détestait ?

Elle n'avait plus le choix : il était impératif qu'elle confesse ses torts, et tout serait terminé entre eux.

— Viens, dit-il en lui tendant la main.

Les longs doigts hâlés agrippèrent les siens. Combien de fois Dante lui avait-il pris la main ? se demanda Emma. Combien de fois l'avait-il réconfortée par la chaleur de sa paume ? Or, elle ne méritait pas la confiance qu'il plaçait en elle. Jamais elle ne serait son sanctuaire. Tout comme il ne pouvait être le jardin secret dans lequel elle trouverait refuge.

Ensemble – le bras de Dante la soutenant –, ils traversèrent le hall de l'hôtel pour gagner l'ascenseur privé. Dans une sorte de brouillard, Emma ne voyait rien hormis cet homme, à ses côtés, ne percevait que la chaleur de la main ferme qui l'aidait à garder l'équilibre, quand tout en elle n'était que tremblements éperdus.

Car Emma savait qu'après cette soirée, lorsque Dante aurait appris l'amère vérité, il ne lui prendrait plus jamais la main.

Les portes d'acier de la cabine se refermèrent sur eux, et elle s'efforça de déglutir dans l'espoir de faire passer la boule qui obstruait sa gorge. Et aussi de se préparer à formuler la confession qui l'attendait. Sauf qu'elle n'y était pas prête.

Le tintement annonçant leur étage retentit, et les portes s'ouvrirent. Ce fut toujours main dans la main que Dante et elle les franchirent.

— Dante..., souffla Emma en le retenant.

Lorsqu'il se tourna vers elle, Emma sentit comme un coup de poignard la transpercer. Elle vivait les derniers instants qu'ils passeraient ensemble.

— Embrasse-moi, ajouta-t-elle.

Un dernier baiser. Pour éprouver une ultime fois la douceur de ses lèvres sur les siennes. Ensuite, elle parlerait. Puis, elle se laisserait mettre dehors sans protester.

Comment en serait-il autrement ? Dante ne lui avait jamais

menti ; il n'avait jamais transgressé les principes qu'ils avaient établis d'un commun accord.

Emma avait conscience d'avoir aggravé sa faute par sa lâcheté : le jour où elle avait quitté la maison de Mayfair, elle aurait dû dire la vérité à Dante, et demander le divorce.

— Il faut que tu dormes, Emma, déclara Dante de sa voix grave. Ensuite, nous envisagerons les perspectives qui s'offrent à nous.

Planté devant elle, il l'enveloppait du parfum unique émanant de son épiderme qu'Emma inhalait avec délices. La large paume se posa sur sa joue et Dante lui caressa la pommette du pouce.

Est-ce cela, l'amour ? s'interrogea Emma en se retenant de se lover entre les bras puissants pour y chercher un peu de la force qui lui faisait si cruellement défaut.

Le vrai amour ! Pas cette parodie après laquelle sa mère avait toujours couru, non !

L'amour dont parlaient les romans qu'Emma empruntait à la bibliothèque pour les lire sous les arbres des jardins où elle aimait à se réfugier. Celui qui allait bien plus profondément que la chair, pour atteindre l'âme.

C'était la peur de pareilles émotions qui avait causé sa fuite. Or, en retrouvant la mémoire, Emma était à nouveau assaillie par ce sentiment dont la force ne cessait de s'amplifier. À tel point qu'elle aurait pu jurer que son cœur allait échapper à la prison de sa cage thoracique.

— Embrasse-moi, supplia-t-elle. Je t'en prie.

Emma avait terriblement besoin que la bouche de Dante capture la sienne. Que ses lèvres, à *elle*, expriment tacitement tout ce qu'elle n'osait formuler.

— Un seul baiser, alors, acquiesça-t-il. Puis tu vas te coucher.

Oui, songea Emma, un dernier baiser avant qu'il la repousse à tout jamais. Qu'il la traite de menteuse, de traîtresse, de fouineuse...

Glissant une main sous son menton, Dante referma l'autre sur sa hanche pour l'attirer contre lui. Leurs deux corps se soudèrent, et Emma s'émerveilla qu'ils s'accordent si bien. Se cramponnant à son épaule, elle vit la grande bouche sensuelle descendre vers la sienne. Le souffle ardent de Dante effleura ses lèvres, qu'elle entrouvrit pour l'accueillir. Fermant les paupières, elle leva vers lui son visage, qu'il prit en coupe. Alors, elle fit de même, enserrant de ses paumes les joues que marquait une ombre de barbe.

Très tendrement, avec une extrême délicatesse, Dante promena ses lèvres sur les siennes. Il s'en fallut de peu que tant de douceur n'arrache un sanglot à Emma. Elle se contint, et son gémissement mourut dans la bouche de Dante.

Emma fut instantanément submergée par une montée d'adrénaline. Il allait chercher sa langue en une danse passionnée, et elle répondait à son baiser avec le même emportement, repoussant aussi loin qu'elle le pouvait toutes les pensées qui la taraudaient.

Elle retrouvait toute la violence des émotions qui l'avaient assaillie lorsqu'elle avait laissé Mayfair derrière elle, cette certitude de vouloir davantage que ce que Dante était prêt à mettre dans leur relation.

La conscience de le vouloir, *lui* !

En cet instant, Emma ne luttait plus contre son désir. Sa langue, ses lèvres et ses mains exprimaient sa soif inextinguible de toutes ces choses qu'elle continuait à espérer, tout en sachant que Dante n'en voudrait jamais. Dans sa frénésie, elle mettait tout ce qu'elle ne s'était jamais autorisée à ressentir. Sa passion. Sa voracité.

Son amour !

Emma n'était plus la même. La tendresse attentive que Dante lui avait prodiguée l'avait transformée du tout au tout. Depuis son accident – depuis qu'il était venu la chercher dans cet hôpital de Birmingham –, tout avait changé.

— Emmy..., gémit Dante contre sa bouche.

S'arrachant à lui, Emma se demanda comment elle avait la force de mettre un terme à ce qui serait leur dernier baiser.

— Dante..., souffla-t-elle en lui caressant la joue.

Puis, retenant ses larmes à grand-peine, elle s'écarta et prit les mains de Dante pour qu'il les ôte de son visage.

— Je sais qui tu es, Dante, dit-elle en reculant en direction de l'ascenseur.

Il sembla ne pas comprendre ce qu'elle voulait dire.

C'était un véritable calvaire de s'éloigner de cet homme. Car si leurs esprits et leurs cœurs refusaient cette idée, leurs corps savaient qu'ils étaient faits l'un pour l'autre.

Emma était convaincue qu'ils s'étaient menti à eux-mêmes en se pliant à un dogme censé apporter un peu de logique dans ce qui en était totalement dépourvu ; en signant des contrats ridicules pour s'efforcer de canaliser ce qui existait entre eux. Cette connexion bien plus profonde que leur enveloppe de chair. Une connexion des âmes.

Qu'ils le veuillent ou non, ils étaient *des âmes sœurs*.

Le destin les avait jetés dans les bras l'un de l'autre, alors que rien ne les y prédisposait. Bien au contraire, tout contribuait à ce que leurs chemins ne se croisent jamais. Et pourtant, cela avait eu lieu.

Ils s'étaient rencontrés.

S'étaient *reconnus*.

Cependant, le moment était venu pour Emma de se livrer à des aveux qui lui coûtaient affreusement.

— Viens te coucher, Emmy, lui intima Dante.

Il aurait été tellement facile de ne rien dire, de se laisser conduire jusqu'au grand lit où elle se loverait contre lui. De taire une vérité qui allait les séparer à tout jamais.

— Je ne peux pas, lâcha-t-elle d'une voix éraillée.

Emma avait retrouvé les raisons qui l'avaient poussée à quitter Dante : comprenant qu'elle commençait à éprouver de tendres sentiments pour lui, elle avait préféré prendre la fuite. Or, ce qu'elle s'était efforcée d'étouffer en elle à ce moment-là était bien moindre que ce qu'elle ressentait aujourd'hui.

Elle était devenue le pire cauchemar de Dante Capetta.

Car elle en était follement amoureuse.

Lorsqu'il l'avait retrouvée amnésique, c'était la toute jeune Emma qui occupait ce lit d'hôpital. La naïve jeune femme qui n'avait qu'une certitude : l'amour était un terrible danger.

Aujourd'hui, les lignes avaient bougé. Ce qu'Emma désirait, c'était une véritable union.

Des corps, des cœurs et des âmes !

— Pourquoi ? s'étonna Dante. Pourquoi est-ce que tu ne peux pas venir te coucher avec moi ?

Demeurant figée à quelques pas de lui, Emma se demanda si c'en était fait d'elle. La fin de leur relation était proche, et elle la précipiterait en battant sa coulpe.

À moins qu'elle ne parvienne à transformer cela en un recommencement...

Ensemble, n'étaient-ils pas capables de surmonter leurs frayeurs ? D'apprendre à aimer ? De créer un amour qui n'appartiendrait qu'à eux ?

Pourquoi ne parviendraient-ils pas à se transcender ?

Une petite flamme d'espoir s'alluma au tréfonds d'Emma.

— Il faut que je te dise quelque chose, commença-t-elle.

— Tu ne te sens pas bien ? Tu veux que j'appelle un médecin ?

Dans le regard de Dante, Emma avait vu une lueur d'inquiétude.

Il tenait à elle !

Elle secoua la tête.

— Non, dit-elle. Simplement, j'ai retrouvé la mémoire.

Dante demeura bouche bée, et elle faillit aller l'embrasser à nouveau. Jusqu'à ce qu'ils en perdent le souffle, et qu'elle lui fasse comprendre qu'ils étaient faits l'un pour l'autre.

Que l'amour était en mesure de leur apporter la sécurité qui leur avait toujours manqué.

Détournant la tête, Emma ferma les yeux. C'était plus facile de ne pas regarder ce visage qu'elle aimait follement.

— Je me souviens de tout, lâcha-t-elle en se demandant si Dante entendait le vacarme que produisait son cœur. Je *sais* pourquoi je t'ai quitté sans explication.

Elle s'interrompit, submergée par la honte d'avoir abandonné Dante comme tant de gens l'avaient fait avant elle. Aujourd'hui, elle ne lui tournerait pas le dos. Pas avant de s'être expliquée, en tout cas.

— Je suis désolée..., souffla-t-elle. Je m'en veux tellement de t'avoir laissé seul...

Ouvrant les yeux, Emma regarda Dante.

Elle ne se cacherait plus, songea-t-elle. Elle aurait le courage d'affirmer ses sentiments, et elle y survivrait.

Dante méritait d'être aimé, comme elle le méritait elle-même. Ils se méritaient l'un l'autre.

Le regard de jais la transperçait ; pourtant, elle le laissa pénétrer les murailles qu'elle avait érigées autour d'elle.

— J'avais peur, ajouta-t-elle.

— De quoi ?

La voix de Dante était inflexible. Entre eux, l'air crépitait, chargé de possibilités infinies. Inconnues.

— De toi, Dante, répondit Emma. Des sentiments que j'éprouvais pour toi. J'avais peur pour moi.

— Je ne t'ai jamais donné de raisons d'avoir peur.

— Malgré tout, j'étais terrifiée. Parce que j'avais enfreint nos règles. Que j'avais commencé à éprouver des sentiments pour toi. Comme ceux que j'éprouve en cet instant. Des sentiments qui nous effraient, Dante. Mais je tremble, également, à l'idée qu'en te les avouant, tu ne voudras plus de moi.

— Viens te coucher, Emma, redit Dante.

Cette fois, ce n'était plus une proposition mais un ordre. Il s'approcha d'elle, occupant tout son espace. Emma ne voyait plus que cet homme. *Dante Capetta*. Son mari. Celui qui l'avait aidée à réparer son enfance en morceaux. L'homme qui savait si bien prendre soin d'elle.

Emma voulait lui donner la même chose. Le protéger de la dureté du monde en lui faisant un rempart de son corps. Mais surtout, lui donner son amour, et qu'il l'aime en retour.

— Viens au lit, insista Dante. Là où je fais disparaître toutes tes craintes. Lorsque je te fais l'amour, tu ne redoutes plus rien, tu le sais, Emma, non ? Tu ne...

— Arrête ! s'écria Emma en tendant une main ouverte devant lui. Tu ne comprends pas, Dante ! Notre contrat n'existe plus. J'ai rompu notre...

— Je m'en moque, Emma. Tout ce qui compte, c'est que tu es là. Qu'est-ce qui nous empêche de continuer à vivre comme nous l'avons toujours fait ? Avec moi, tu peux jouir de tout ce dont tu as besoin. Le plaisir physique, et la sécurité que je t'apporte. Tout ce que je t'ai promis.

— Ça ne me suffit plus, Dante. Je t'aim...

— Tais-toi, Emma !

C'était avec une expression sévère que Dante avait lancé cette sommation.

Cependant, Emma n'était pas disposée à obtempérer. Toute sa vie, elle avait fui les émotions, l'expression de ses désirs les plus secrets. Aujourd'hui, elle voulait être aimée. Par Dante.

— Non, je ne me tairai pas, Dante, dit-elle. Je suis tombée amoureuse de toi. Je t'aime. Même si cela t'effraie.

C'était une telle libération de dire cela à haute et intelligible voix qu'elle ouvrit à nouveau la bouche, se préparant à réitérer sa déclaration.

— Je ne veux plus rien entendre ! protesta Dante. Tu m'as trahi, Emma. Tu as rompu notre pacte !

— Tu ne comprends pas, Dante. Le problème, ce n'est pas que je nous ai trahis, d'une manière ou d'une autre. C'est plutôt que les fantômes de nos parents nous empêchent d'avancer dans la vie.

À cause d'eux, nous nous interdisons d'éprouver des sentiments profonds. Ce sont nos parents qui ont façonné nos vies, nos relations, parce que nous ne voulons pas reproduire leurs erreurs.

— Personne n'a jamais « façonné » ma vie, comme tu le dis. J'ai toujours décidé par moi-même ce que je voulais.

— C'est faux, et tu le sais. C'est à cause de ce qu'avait fait ta mère que tu as pris la décision de subir une vasectomie alors que tu étais à peine sorti de l'adolescence. Tu ne pouvais pas courir le risque qu'un enfant ne soit, un jour, utilisé contre toi. Comme moi, Dante, tu as appris à ne faire confiance à personne. Car tu ne sais que trop bien que cela débouche presque inévitablement sur une trahison.

S'interrompant pour reprendre son souffle, Emma soutint le regard de Dante.

— C'est exactement pour cela, reprit-elle, que tu as autant tenu à ce que nous apposions nos signatures sur un contrat fixant des règles strictes. Pour garantir que nous ne nous attacherions pas l'un à l'autre. Tu as été abandonné par tous ceux qui auraient dû tenir à toi. Aussi, tu t'es créé un univers bardé de systèmes de protection et de clauses de retrait, pour le jour où les choses deviendraient trop dangereusement réelles…

— Tu ne comprends rien à rien, Emma ! la coupa Dante. Je n'ai pas l'intention de changer un iota à ce que j'avais décidé que serait notre vie.

— Je sais. Mais moi, je refuse de me dissimuler derrière des règles insensées, juste parce que j'aurais peur de vivre. Je ne veux plus qu'on m'interdise ce que je suis en droit d'attendre de la vie. Je mérite d'être protégée et traitée avec douceur. D'être embrassée avec passion chaque fois que j'en éprouve l'envie. Je mérite d'être aimée !

— Tu ne sais pas ce que tu dis, Emma ! Est-ce que tu as oublié que l'amour n'est jamais qu'une mascarade ? La seule chose qui lie deux êtres humains, c'est le désir physique.

— Non, ce n'est plus ce que je crois. Que fais-tu de l'âme ? Ce sont nos âmes qui se sont reconnues, quand nous nous sommes rencontrés. Nous avons été attirés l'un par l'autre contre toute logique. Et si nous nous sommes menti à nous-mêmes, nos corps, eux, ne mentaient pas. Par ce... contrat, que nous avons signé, nous cherchions juste à comprendre l'incompréhensible. Sauf que le lien qui nous unit est bien plus profond. Nous sommes...

— Juste complémentaires au lit !

— Nous sommes deux âmes sœurs, Dante !

— Tu perds la raison. J'appelle un médecin.

— Pour lui dire quoi ? Que ta femme est amoureuse de toi ?

— Tu n'es pas ma femme ! Tu es une usurpatrice.

— Ce n'est pas faux. Je ne suis plus celle que tu as épousée. Je ne suis pas prête à me contenter d'une relation purement physique. Et toi aussi, tu as changé, Dante. Tu as fait tant de choses qui n'étaient pas prévues dans notre accord ! Tu es venu t'occuper de moi après mon accident. Tu m'as emmenée au Japon. Et, surtout, tu m'as fait découvrir cet endroit qui n'appartenait qu'à toi, où tu n'avais jamais emmené personne. Tu m'as fait suffisamment confiance pour me raconter ton histoire. Alors, même si tu es incapable de te l'avouer à toi-même, et encore moins à moi, tu es amoureux, Dante. De la femme pour qui tu t'étais promis de ne jamais rien ressentir...

Cette fois, Emma ne parvint plus à se contenir. Les larmes coulèrent sur ses joues sans qu'elle puisse rien y faire.

— Tu te trompes, Emma ! tonna Dante. Je ne t'aime pas ! Tout est fini entre nous.

La froideur de ces paroles et le ton glacial de Dante transpercèrent Emma jusqu'au cœur.

— Je suis désolée, lâcha-t-elle d'une voix rauque.

C'était la pure vérité. Emma était désolée de ne plus parvenir à jouer un jeu auquel elle ne croyait plus. Désolée d'éprouver des sentiments qui terrifiaient Dante.

— Je ferais mieux de m'en aller, ajouta-t-elle.

Ce lui fut un effort surhumain de détacher son regard de celui de Dante, et de pivoter sur ses talons, en tournant le dos au seul homme qu'elle n'ait jamais aimé.

C'était une souffrance atroce. Une petite mort.

Sauf qu'Emma ne doutait pas qu'elle parviendrait à y survivre. Elle avait beau se sentir crucifiée, elle était suffisamment honnête avec elle-même pour savoir qu'elle méritait mieux que ce que Dante avait à lui offrir.

Elle se dirigeait vers les portes de l'ascenseur lorsqu'une poigne solide l'agrippa au poignet. Se tournant vers Dante, elle vit qu'il la fusillait du regard.

— Reste où tu es ! aboya-t-il.

Tous ses muscles tendus à l'extrême, Dante respirait avec peine.

Comment avait-il permis qu'Emma prenne autant de place dans sa vie ? Comment n'avait-il pas compris qu'elle devenait aussi essentielle à sa survie que l'air qu'il respirait ?

Sauf qu'il était fermement décidé à apprendre à respirer loin d'elle !

Ne l'avait-elle pas trahi ? Il lui avait fait confiance, s'était livré à des confidences qu'il n'avait jamais faites à personne, lui avait ouvert la porte d'un lieu où elle était la première à l'accompagner…

Bien évidemment, elle en avait profité pour prendre le pouvoir sur lui ! Elle avait mis à bas les défenses qu'il lui avait fallu une vie pour ériger.

— Tu veux savoir pourquoi je suis venu te chercher à l'hôpital ? siffla-t-il.

Dante se rapprocha d'Emma pour se prouver à lui-même qu'il était capable de résister à l'envie de la prendre dans ses bras. Qu'elle ne lui faisait pas perdre le contrôle.

— Parce que tu m'aimes, Dante…, murmura Emma.

— Pas du tout ! Je suis venu dans le seul but de te démasquer !

— De me démasquer ?

— Oh ! oui, Emma ! Parce que je soupçonnais bien que tu es pareille aux autres femmes. Vous voulez toutes davantage que ce que les hommes sont prêts à vous donner.

Emma le regardait avec des yeux ronds, et Dante soutint son regard.

Ce n'était qu'une horrible menteuse. Elle savait pertinemment que l'amour n'existait pas. Pourtant, elle utilisait ce mot comme une arme contre lui.

Mais elle ne parviendrait pas à transpercer son armure, à l'atteindre en plein cœur.

Et il ne permettrait pas, non plus, qu'elle l'abandonne une nouvelle fois !

— Tu es comme ma mère, tonna-t-il. Elle aussi avait signé un contrat avec mon père. Mais elle en a tourné les règles à son avantage. Elle l'a manipulé pour obtenir de lui une gratification bien plus confortable que ce qui était prévu. Pour cela, elle s'est servie de ce qu'il espérait le plus au monde. Un enfant ! Je ne t'ai jamais caché combien je te désire, Emma. Ni le pouvoir que tu as sur moi. Mais je ne me laisserai pas manipuler, sache-le !

— Que crois-tu que j'attende de toi, hormis ton amour, Dante ?

— C'est un prix exorbitant ! Quelque chose d'impossible à te donner, puisque cela n'existe tout simplement pas.

— Tu te trompes. Pourquoi penses-tu que tu as pris soin de moi, si ce n'est par amour ?

Dante sentait monter en lui une colère terrible. Il était prêt à rugir, à traiter Emma de menteuse, de manipulatrice.

— Je n'ai fait qu'honorer les promesses que je t'avais faites, siffla-t-il entre ses dents serrées. Tu les as toutes piétinées. Et voilà que, maintenant, tu menaces de m'enlever la seule chose à laquelle je tiens : ta présence, Emma. Qu'espères-tu me soutirer, pour que je te persuade de rester ?

— Je ne demande que ton amour. Je n'ai jamais cessé d'être

honnête avec toi, Dante. Mais j'ai changé. *Nous* avons changé. Alors, accepte de te laisser aimer.

— Jamais !

Emma avait plaqué une paume sur le torse de Dante, et il s'irrita qu'elle sente les battements désordonnés de son cœur sous ses doigts. D'un geste brusque, il délogea sa main.

— Tu as bien vu que j'ai tout laissé derrière moi quand j'ai quitté Mayfair, enchaîna Emma. Je ne veux que toi, Dante. Je t'aime. Et je sais que tu m'aimes aussi.

— Tu dis n'importe quoi ! Je ne t'aime pas, et je n'ai que faire de ton amour. Ce mot n'a aucun sens pour moi. Et toi non plus, tu ne représentes rien à mes yeux.

Fermant les paupières, Dante s'efforça de prendre une profonde inspiration. Il avait l'impression que l'air ne rentrait plus dans ses poumons. Puis, il ouvrit les yeux.

— Je suis un homme de parole, Emma, dit-il. Demain, mon jet privé te reconduira à Londres. La maison de Mayfair t'appartient. Les titres de propriété t'y attendent.

— Dante...

— Tu seras à l'abri du besoin pour le restant de tes jours.

— Je...

— Tais-toi ! Je ne veux plus rien avoir à faire avec toi, Emma. Je ne veux plus...

Posant le regard sur l'anneau d'or à son doigt, Dante l'ôta et le tint entre Emma et lui, sans tenir compte des larmes qui roulaient sur le petit visage contracté.

Lorsqu'il lâcha l'alliance, qui tinta sur le sol, Emma eut un hoquet de surprise.

— Je ne veux plus de ça ! fit-il. C'est *moi* qui te quitte, Emma. Et ne compte pas que je revoie ma décision. Je ne reviendrai pas te chercher. Comme je n'attendrai pas que tu reviennes me raconter tes sornettes. Tout est fini !

— Dante... je t'en prie...

Plaquant les mains sur ses oreilles, Dante secoua la tête. Il ne voulait plus entendre ce qu'Emma avait à dire.

Il ne voulait plus d'elle. Il n'avait pas besoin de cette horrible… *menteuse*.

Jamais il n'aurait dû l'embrasser, le soir de leur rencontre. Car, alors, elle avait pris possession de son corps et de son esprit, jusqu'à lui faire oublier ce qu'il était.

Passant à côté d'Emma, il dut lutter contre la tentation de la prendre dans ses bras. C'était une douleur physique, difficilement surmontable.

Un calvaire !

Sans la regarder, Dante appuya sur le bouton pour appeler l'ascenseur.

— Où vas-tu ? lança Emma.

— Aussi loin de toi que possible !

Les portes de la cabine s'ouvrirent, et il y pénétra sans se retourner. C'était au-dessus de ses forces de regarder Emma.

Cela aurait été prendre le risque d'être assailli par le doute. De voir s'effriter ses convictions.

Il ne faiblirait pas.

Dante n'avait que faire de l'amour qu'Emma lui lançait à la figure. Contrairement à ce qu'elle prétendait, il n'avait pas changé, *lui*.

Les portes se refermèrent, et il s'appuya à la paroi recouverte d'un miroir.

C'était comme si un froid glacial s'infiltrait en lui, le pénétrant jusqu'aux os.

Il respirait à peine. L'oxygène semblait avoir déserté l'espace étroit de l'ascenseur.

Dante était glacé.

Il était seul.

À bout de souffle.

12

Dante n'avait guère fermé l'œil depuis près de six semaines.

Six semaines au cours desquelles il avait désespérément cherché à ressentir cette montée d'adrénaline qui faisait qu'il se sentait vivant. Qu'il retrouvait l'homme qu'il était.

Il avait sauté en parachute, escaladé des montagnes, séjourné dans des monastères perdus au milieu de nulle part, médité, prié.

Mais aucun des dieux auxquels il avait fait appel ne lui avait répondu. Tout était vain.

Dante ne parvenait pas à se reconnecter à lui-même. Il se sentait désorienté. Seul au bord du précipice. Glacé. Et il n'en pouvait plus d'être envahi par ce froid qui le mordait jusqu'à l'âme. Il avait besoin de chaleur. Pourtant, rien ne réussissait à le réchauffer.

Se passant les mains sur le visage, il ferma les paupières. Ses doigts s'égarèrent dans ses cheveux trop longs. Sa barbe, aussi, avait poussé. Il rouvrit les yeux.

Devant lui, les papiers du divorce étaient étalés sur la tablette. Prêts à être signés. Comme cela aurait dû être fait avant ce fichu voyage au Japon. Pourquoi diable avait-il eu l'idée saugrenue d'emmener Emma au bout du monde dans l'espoir de la séduire. De la convaincre de rester à ses côtés.

N'était-ce pas ce qu'elle avait cherché à lui soutirer ? Qu'il la garde auprès de lui ?

Cette fois, c'était lui qui avait rompu.

À vrai dire, il avait projeté les traumatismes de sa propre enfance sur les frêles épaules d'Emma – il en était conscient. Or, ce n'était pas à elle d'en supporter le poids, mais bien à *lui*.

Ce qu'Emma avait fait, c'était l'obliger à affronter des blessures que Dante avait soigneusement enfouies au tréfonds de son être. Le genre de traumatismes dont on disait qu'ils servaient à éduquer les enfants, mais qui brisaient les hommes.

Dante était bel et bien un homme brisé. Il n'était plus que l'ombre de lui-même. Une coquille vide. Car il ne se pardonnait pas d'avoir volontairement fait du mal à Emma. S'il était une promesse à laquelle il avait manqué, c'était celle de la protéger de tout.

Ce dont il avait été incapable de la protéger, avant tout, c'était de lui-même et de sa peur maladive de l'engagement. Sa terreur de s'attacher à quelqu'un qui finirait immanquablement par le quitter. C'était précisément la raison pour laquelle il avait pris l'initiative de la rupture. Il avait préféré abandonner Emma derrière lui.

Cependant, prendre cette décision n'avait en aucune manière restauré ce qu'il imaginait être son sentiment de puissance. Celle qu'il pensait détenir lorsqu'il menait une vie que tout le monde jugeait exaltante, mais dans laquelle il était épouvantablement seul. Avant de rencontrer Emma.

Il lui avait fait miroiter une sécurité mensongère. Et elle l'avait innocemment accueilli dans son jardin secret, ignorant qu'il y introduisait un serpent venimeux.

Leur mariage n'avait pas résisté. Dante avait refusé de croire Emma lorsqu'elle disait qu'à son contact il avait changé. Comment aurait-il accepté l'idée d'être…

Amoureux ?

En tout cas, il avait fini par comprendre qu'Emma n'avait rien de commun avec sa mère à lui. Elle n'avait pas cherché à obtenir davantage d'argent que ce qu'il proposait. Elle n'avait même pas exigé le divorce.

Ainsi, elle ne mentait pas en affirmant que tout ce qu'elle voulait, c'était aimer et être aimée.

Fallait-il qu'il soit le dernier des abrutis pour ne pas l'avoir compris plus tôt !

Ce qui n'empêchait pas qu'il continue à trembler au souvenir de ce qu'elle lui avait confessé. Les sentiments qu'Emma lui avait avoués étaient bien trop forts pour qu'il n'en soit pas terrorisé, et ses paroles ne cessaient de le hanter.

Deux *âmes sœurs*, avait-elle dit… ?

Mais aussi, que connaissait-il à l'amour, hormis ce qu'Emma lui en avait dit ? Ce qu'elle lui avait montré.

Posant à nouveau les yeux sur les documents, Dante sentit son estomac se contracter. Une fois qu'ils y auraient apposé leurs deux signatures, tout serait terminé.

Emma disparaîtrait de sa vie. À tout jamais.

Peut-être qu'une fois qu'ils auraient signé, il retrouverait sa capacité de respirer librement ? Il la regarderait parapher le contrat de divorce, pour être enfin libéré d'elle. Ce qu'ils avaient partagé – quoi que cela puisse être – trouverait son terme. Et Dante redeviendrait celui qu'il était avant Emma.

Sauf que tu seras désespérément seul.

Et alors ? Ne l'était-il pas depuis toujours ?

L'avion se posa, et Dante ramassa les papiers. Les serrant d'une main fébrile, il descendit l'escalier menant sur le tarmac, puis s'engouffra dans la limousine qui attendait.

Dans dix minutes, Emma aurait signé.

Lorsque Emma avait quitté Dante, la première fois, cela avait été pour revenir vers ce qu'elle connaissait depuis toujours : un minuscule appartement dans une barre d'immeubles décrépis, de petits boulots enchaînés pour gagner péniblement de quoi survivre, et l'épuisement à la fin d'une journée de travail. Mais au moins, elle ne se souciait ni de ce qu'elle avait laissé derrière elle – dans la maison de Mayfair – ni de ce que l'avenir lui réservait.

D'ici peu, elle aurait divorcé…

Elle se rappelait avoir entendu Dante expliquer qu'il avait eu le plus grand mal à occuper seul cette immense demeure. Aujourd'hui, elle comprenait pourquoi.

C'était à peine supportable de retrouver tous les souvenirs qui lui avaient échappé à son retour de l'hôpital. Maintenant qu'elle avait retrouvé la mémoire, des images de Dante l'assaillaient dans chacune des pièces. Son parfum la poursuivait où qu'elle aille. De jour comme de nuit, car il ne quittait pas ses rêves.

Pourquoi avait-il fallu qu'elle s'ouvre à Dante à propos de ce qu'il n'était pas prêt à entendre ? Elle avait tout gâché en prononçant le seul mot qui lui était interdit. En avouant un sentiment trop extrême pour que Dante ne l'accepte.

Un sentiment trop violent également pour elle-même puisqu'il la détruisait. En l'absence de Dante, Emma était obsédée par le manque de lui, par le regret de ce qu'ils avaient partagé au Japon – la passion, la proximité, l'intimité…

Désormais, elle était certaine que ce qu'elle éprouvait pour Dante était de l'amour ; encore plus que la nuit où elle avait formulé cette évidence devant lui.

À son grand désespoir, elle avait la certitude tout aussi grande qu'il ne reviendrait pas sur ce qu'il avait dit : il en avait définitivement fini avec elle. Dante ne lui avait jamais menti. Tout comme il n'avait pas cherché à la manipuler – à l'inverse des pratiques honteuses auxquelles son propre père s'était toujours livré avec sa mère et elle-même…

Pourtant, en dépit de tout, Emma demeurait dans cette maison avec pour seule compagnie le fantôme de l'homme qu'elle ne pouvait s'empêcher d'aimer. Et contre toute logique, une part d'elle-même continuait à espérer.

Quand bien même l'intensité de ce qu'elle éprouvait pour Dante la terrifiait, cet amour ne cessait de croître. Tout comme la souffrance qui la taraudait, doublée d'un sentiment de culpabilité. Elle n'avait pas été à même de faciliter les choses pour Dante. Elle lui avait jeté au visage un amour dont il ne savait que faire, auquel il n'était pas en mesure de faire confiance.

À présent, c'était en *elle* qu'il avait perdu toute confiance !

Pour aussi infime que soit son espoir de lui voir retrouver le chemin de cette maison où ils s'étaient sentis *chez eux*, quelques mois, Emma n'envisageait pas une seule seconde d'abandonner ce lieu. Elle ne répéterait pas l'erreur commise en claquant la porte derrière elle.

Aussi, elle attendait, se consumant d'amour.

Emma était encore en train de ruminer son tourment, un matin, lorsqu'elle entendit frapper. Comme elle avait congédié tout le personnel, il n'y avait plus qu'elle pour répondre. Pieds nus, elle se précipita dans le hall et ouvrit d'un geste brusque.

Sa mâchoire faillit se décrocher. Dante se tenait devant elle, les cheveux bien plus longs qu'elle ne les lui avait jamais vus, avec une barbe de plusieurs jours. Jamais, non plus, il n'était paru devant elle dans un T-shirt chiffonné, et un jean froissé d'avoir été porté plusieurs jours. Le dévisageant avec des yeux ronds, Emma nota ses cernes profondément creusés.

La petite flamme d'espoir grandit en elle. Si elle ne s'était pas retenue, elle aurait pris Dante dans ses bras pour le rassurer, lui dire que tout allait s'arranger.

Puis, elle vit les documents qu'il tenait serrés dans une main rageuse. C'était pour lui faire signer les papiers du divorce qu'il se présentait à sa porte.

Pas pour venir la chercher. Ni reconstruire leur couple.

Tous ses espoirs s'évaporèrent sur-le-champ.

13

Dante chancela. L'émotion le submergeait par vagues, lui coupant le souffle.

Puis, après ce qui lui sembla une éternité, l'air vint à nouveau emplir ses poumons, et il l'aspira à grandes goulées.

Cela faisait des semaines qu'il cherchait désespérément à éprouver quelque chose – n'importe quoi – en multipliant les expériences les plus téméraires. En vain.

Tout comme il n'était pas parvenu à retrouver la capacité de respirer librement. À pleins poumons.

D'un seul coup, il venait de prendre conscience d'une réalité qui lui avait échappé jusque-là : c'était Emma qui avait emporté l'air dont il avait besoin pour vivre. Inspirant profondément, encore et encore, Dante finit par laisser échapper une plainte rauque.

Respirer lui était presque douloureux...

Il remarqua qu'Emma était pieds nus lorsqu'elle s'avança vers lui, une main tendue.

— Dante..., souffla-t-elle d'une voix nouée.

Dante recula, et la main d'Emma retomba.

Il ne méritait pas qu'elle lui manifeste cette tendresse inquiète. Encore moins qu'elle le prenne dans ses bras.

— Entre..., fit-elle.

C'était au-dessus de ses forces, songea Dante, envahi par une souffrance terrible à se retrouver devant Emma sans pouvoir inhaler le parfum de sa peau, s'en repaître en nichant son nez dans la douce chaleur du cou – ce parfum délicat qui lui aurait redonné vie.

S'il s'était écouté, il aurait relevé la mèche blonde échappée du chignon fixé au sommet de la tête, pour la faire passer derrière le coquillage de l'oreille ; il aurait effleuré du bout des doigts l'espace de peau dénudé par la chemise, à l'épaule ; il aurait suivi le dessin de la dentelle beige qu'il voyait poindre au creux de la gorge, pour descendre jusqu'aux seins. Enfin, il se serait agenouillé pour embrasser les orteils ravissants qui pointaient sous l'ourlet de l'ample pantalon de toile bordeaux assorti à la chemise.

Mais il demeura immobile sur les marches de pierre blanche, face à la porte peinte en noir de cette maison achetée pour y vivre avec Emma. Comment aurait-il franchi le seuil d'une demeure où il n'était plus chez lui ? Sur laquelle il n'avait plus aucun droit, puisqu'il y avait renoncé.

Puisqu'il l'avait abandonnée, *elle*.

Ce fut à reculons qu'il redescendit au pied du perron, levant les yeux vers ce qui aurait pu être sa vie. Vers cette femme qu'il continuait à désirer follement. Une femme qui aurait pu être son refuge, son foyer. La source de toute chaleur humaine.

Dante sonda les grands yeux bleus penchés sur lui et il fut assailli de regrets. Il s'en était fallu de peu pour que cette maison ne soit un abri pour tous les deux, le lieu où ils auraient partagé un bonheur paisible. Car il ne se sentirait jamais chez lui ailleurs que là où était Emma.

Il avait tout gâché.

— Je ne peux pas entrer, Emma, dit-il. Je ne veux pas empiéter sur ton territoire. À moins que tu ne me pries instamment.

— Tu en aurais envie ? D'entrer, je veux dire ?

— Je n'ai pas le droit. Pas après ce qui s'est passé au Japon. Après que je t'ai... quittée.

— C'est juste parce que tu étais terrifié.

— Toi aussi, tu avais peur. Pourtant, tu as quand même trouvé la force de m'avouer une vérité que tu me savais inapte à recevoir. Et cela n'a pas manqué ! Je t'ai abandonnée, seule pour affronter ces sentiments bouleversants. Seule face à tout cet… *amour.*

S'interrompant, Dante posa une main ouverte sur son propre torse, là où quelque chose de mystérieux se nouait.

— Je suis désolé de ne pas avoir su que faire de ce cadeau précieux que tu m'offrais, reprit-il. Je m'en suis débarrassé sans ménagement, en te tournant le dos. Tout en sachant pertinemment que j'allais te faire souffrir. Mais j'étais incapable de me comporter différemment…

À nouveau, Dante marqua une pause, levant les yeux vers le ciel plombé. Toutes ces explications n'étaient qu'un tissu de vaines justifications. À vrai dire, il fallait qu'il cesse de se dissimuler derrière les règles stupides auxquelles il s'était cramponné toute sa vie. Juste parce que l'amour le terrifiait.

Et il aimait désespérément Emma – c'était une certitude absolue. Il avait besoin d'elle.

Cette femme ne représentait-elle pas jusqu'à l'air qu'il respirait ?

Le moment était venu de mettre un terme à ce supplice.

— Je me trompais du tout au tout, siffla-t-il entre ses dents serrées. Comment ai-je pu imaginer que tu avais quoi que ce soit de commun avec ma mère ? Tu es l'inverse de mes parents ! Sauf que tous deux continuent à vivre en moi, Emma. Ce sont mes démons personnels. Je les ai laissés me dicter mes réactions face à toi. Je ne demanderais pas mieux que d'exorciser toutes ces choses qui me font vivre dans la peur. Hélas, je ne suis pas sûr de savoir comment m'y prendre…

À bout de forces, Dante tomba à genoux, à même le trottoir, le regard tourné vers le sommet du perron. Vers la vie qu'il rêvait d'avoir, la femme dont il espérait se faire accepter.

— De quoi as-tu tellement peur, Dante ? demanda-t-elle.

Emma se tenait toujours en travers du seuil, lui interdisant l'entrée.

— C'est de toi que j'ai peur, Emma. Et de moi-même, encore davantage. Je redoute tellement que ce que je dis, ou fais, ne te dissuade de m'inviter à entrer. Mon cœur saigne, parce que j'ai compris que je t'aime. Que je ne désire rien d'autre que de vivre à tes côtés, en faisant de cette maison notre refuge à tous les deux. Cet amour que j'ai essayé de faire taire en moi est plus fort que tous les démons qui me dominent depuis toujours. Je crois bien qu'il va réussir à les exorciser…

Fermant les paupières, Dante prit une grande inspiration avant de déclarer avec force :

— Je t'aime comme un fou, Emma. Sans le savoir, je t'ai aimée dès le premier jour. C'est vers toi que je reviens quand j'ai besoin de trouver la paix. Tu es l'asile où je peux m'isoler du monde entier. Sans toi, je n'ai nulle part où aller.

Étalant les papiers du divorce devant lui, sur le sol, il les désigna de la main.

— J'étais venu t'apporter ça, fit-il d'une voix tremblante. Si tu veux que je les signe, je m'exécuterai. Et si tu as besoin de temps pour réfléchir, je suis prêt à attendre. Tu as raison, Emma, tu es mon âme sœur. Le destin nous a réunis, et tout ce que je veux, c'est que nous soyons *vraiment* mari et femme.

Au grand désespoir de Dante, Emma demeurait immobile. Devait-il croire qu'il était trop tard ? Qu'elle allait le renvoyer d'où il venait, fermer la porte sur elle ? La mâchoire de Dante était tellement crispée qu'il eut toutes les peines du monde à articuler :

— Si tu préfères divorcer, Emma, je tiendrai ma promesse. J'assurerai ton avenir et je te… je te laisserai partir.

Se sacrifier. N'était-ce pas ce que l'on faisait par amour ?

Dans la poitrine d'Emma, un essaim d'abeilles tournoyait en bourdonnant. Elle descendit les quelques marches jusqu'à se trouver devant Dante, puis lui tendit une main.

— Ce que je veux, c'est toi, Dante ! souffla-t-elle. Pourquoi choisirais-je de divorcer, quand je t'aime plus que tout ?

Retenant son souffle, elle attendit que Dante prenne sa main. Qu'il accepte l'amour qu'elle lui offrait. Qu'il ait suffisamment confiance pour la suivre jusque dans ce lieu dont ils feraient leur tanière. Leur abri, contre le monde entier. L'endroit où ils seraient en sécurité, tous les deux. Où leur amour les protégerait, jusqu'à la fin de leurs jours.

— Emmy...

La main de Dante vint se poser dans sa paume ouverte, et il noua ses doigts aux siens.

Lorsqu'il se mit debout, Emma vit le beau visage sombre déformé par la myriade d'émotions qui assaillait manifestement Dante. Il posa son front contre le sien.

— Je t'aime, Emma, murmura-t-il. Tu m'as transformé, et l'homme que je suis devenu, grâce à toi, est...

— Prêt à recevoir mon amour, et à m'aimer en retour ?

— Oui ! Je vais t'aimer de toutes mes forces, de toute mon âme, ma chérie. Pour toute la vie. Je te le promets !

Laissant ces paroles l'imprégner jusqu'au tréfonds de son être, Emma sut qu'elle pouvait accorder foi aux déclarations de Dante. Il tiendrait parole. Comme toujours.

— Entrons, dit-elle en le prenant par la main.

Le tremblement dont il fut secoué se répercuta en elle. Il acquiesça d'un hochement de tête, et se laissa guider vers la porte. Ce fut ensemble qu'ils la refermèrent derrière eux, bannissant toutes les souffrances qu'ils avaient connues.

Car ils avaient enfin trouvé un sanctuaire.

Leur sanctuaire.

Celui qu'ils étaient l'un pour l'autre.

Épilogue

Plus tard, cette nuit-là...

Le lit était immense.

Dante étendit les bras, ses longues jambes, ses mains... cherchant Emma. Il avait besoin de sentir les petits orteils contre ses mollets, la chaleur du corps souple lové au creux de son flanc. D'une main, il crocheta la hanche d'Emma pour l'attirer plus étroitement contre lui. Puis il nicha son visage dans la chevelure dorée, et inhala longuement son parfum.

Il s'en emplit les poumons.

Désormais, il n'était plus seul. Il n'aurait plus jamais froid. Il était aimé.

— J'ai quelque chose à te dire, murmura Emma en roulant sur le côté pour lui faire face. J'espère que je ne t'effraie pas...

Elle avait pris le visage de Dante en coupe entre ses paumes, et plantait son regard bleu azur dans le sien.

— Non, répliqua-t-il en reproduisant son geste, ses grandes mains enserrant le ravissant visage. Pourquoi ? Je devrais m'inquiéter ?

Secouant la tête, Emma humecta ses lèvres roses de la pointe de la langue.

— Je ne crois pas..., fit-elle. Mais demain, il faudra que nous fassions venir un médecin.

— Pour lui dire quoi ? Que nous sommes amoureux ?

Le sourire d'Emma était un peu timide.

— Pour lui dire que, contre toute attente et pour aussi improbable que cela paraisse, j'attends un bébé, déclara-t-elle.

— Un bébé ?

— J'en suis certaine. Comme j'étais sûre que tu me reviendrais. Car j'espérais malgré tout. L'espoir continuait à vivre en moi.

Elle prit l'une des mains de Dante et la mit à plat sur son ventre, où rien ne se laissait encore percevoir.

— Tout comme je sens notre bébé vivre en moi, Dante, ajouta-t-elle. Et ça ne m'angoisse pas le moins du monde. Le destin nous fait un merveilleux cadeau. C'est un miracle. Nous allons former la famille que nous n'avons jamais eue, toi et moi. Une famille où régneront la joie et l'amour.

De sa paume, Dante caressa délicatement le ventre plat.

— Emma..., souffla-t-il.

Soudain, il était submergé par un désir primitif de protéger celle qui serait sa femme pour le restant de sa vie. Par l'envie, aussi, de prendre soin de ce petit être qui grandissait en elle. Un enfant qu'ils avaient conçu ensemble.

Car il n'avait aucun doute : Emma ne pouvait se tromper.

— Je t'aime, Emma, murmura-t-il.

Parce que c'était la pure vérité.

Parce qu'elle était le cadeau que le ciel lui avait envoyé.

Emma était sa famille.

— Embrasse-moi, réclama-t-elle.

Dante ne se fit pas prier davantage, répondant à cette divine injonction. Emma lui rendit son baiser.

Un baiser profond, passionné, dans lequel ils mirent tout leur désir de vivre pleinement ce que la vie leur offrait, et continuerait à leur offrir.

Un baiser auquel ils s'abandonnèrent totalement, emportés par un formidable maelström dans lequel se mêlaient l'espoir, la félicité et l'amour.